Distancia de rescate

Distancia de rescate

SAMANTA SCHWEBLIN

LITERATURA RANDOM HOUSE

Segunda edición: diciembre de 2015

© 2014, Samanta Schweblin
© 2015, 2020, Penguin Random House Grupo Editorial, S. A. U.
Travessera de Gràcia, 47-49. 08021 Barcelona

Impreso en Colombia - *Printed in Colombia*

ISBN: 978-84-397-2948-8

A mi hermana Pamela

"Por primera vez en mucho tiempo, bajó la vista y se miró las manos. Si han tenido esta experiencia, sabrán a qué me refiero."

JESSE BALL, *Toque de queda*

Son como gusanos.

¿Qué tipo de gusanos?

Como gusanos, en todas partes.

El chico es el que habla, me dice las palabras al oído. Yo soy la que pregunta. ¿Gusanos en el cuerpo?

Sí, en el cuerpo.

¿Gusanos de tierra?

No, otro tipo de gusanos.

Está oscuro y no puedo ver. Las sábanas son ásperas, se pliegan debajo de mi cuerpo. No me puedo mover, digo.

Por los gusanos. Hay que ser paciente y esperar. Y mientras se espera hay que encontrar el punto exacto en el que nacen los gusanos.

¿Por qué?

Porque es importante, es muy importante para todos.

Intento asentir, pero mi cuerpo no responde.

¿Qué más pasa en el jardín de la casa?, ¿yo estoy en el jardín?

No, no estás, pero está Carla, tu madre. La conocí unos días atrás, cuando recién llegamos a la casa.

¿Qué hace Carla?

Termina el café y deja la taza en el pasto, junto a su reposera.

¿Qué más?

Se levanta y se aleja. Se olvida las ojotas, que quedan unos metros más allá, en las escaleras de la pileta, pero no le digo nada.

¿Por qué?

Porque quiero esperar a ver qué hace.

¿Y qué hace?

Se cuelga la cartera al hombro y se aleja en su bikini dorada hasta el coche. Hay algo de mutua fascinación entre nosotras, y en contraste, breves lapsos de repulsión, puedo sentirlos en situaciones muy precisas. ¿Estás seguro de que es necesario hacer estas observaciones? ¿Tenemos tiempo para esto?

Las observaciones son muy importantes. ¿Por qué están en el jardín?

Porque acabamos de regresar del lago y tu madre no quiere entrar a mi casa.

Quiere evitarte problemas.

¿Qué tipo de problemas? Tengo que entrar y salir una y otra vez, primero por las limonadas, después por el protector solar. No me parece que esto sea evitarme problemas.

¿Por qué fueron al lago?

Quiso que le enseñara a manejar, dijo que siempre había querido aprender, pero una vez en el lago ninguna de las dos tuvo la paciencia necesaria.

¿Qué hace ahora en el jardín?

Abre la puerta de mi coche, se sienta al volante y revuelve un rato la cartera. Yo bajo las piernas de la reposera y espero. Hace demasiado calor. Después Carla se cansa de revolver y se agarra al volante con ambas manos. Está así un momento, mirando hacia el portón, o quizá hacia su casa, mucho más allá del portón.

¿Qué más? ¿Por qué te quedás en silencio?

Es que estoy anclada en este relato, lo veo perfectamente, pero a veces me cuesta avanzar. ¿Será por lo que me inyectan las enfermeras?

No.

Pero voy a morirme en pocas horas, va a pasar eso, ¿no? Es extraño que esté tan tranquila. Porque aunque no me lo digas, yo ya lo sé, y sin embargo es algo imposible de decirse a uno mismo.

Nada de esto es importante. Estamos perdiendo el tiempo.

Pero es verdad, ¿no? Que me voy a morir.

¿Qué más pasa en el jardín?

Carla apoya la frente en el volante y sus hombros se sacuden un poco, empieza a llorar. ¿Creés que podríamos estar cerca del punto exacto en el que nacen los gusanos?

Seguí, no te olvides de los detalles.

Carla no hace ningún ruido pero logra hacer que me levante y camine hacia ella. Me gustó desde el principio, desde el día en que la vi cargando los dos baldes de plástico bajo el sol, con su gran rodete pelirrojo y su jardinero de jean. No había visto a nadie usar uno de esos desde mi adolescencia y fui yo quien insistió con las limonadas, y la invitó a tomar mate a la mañana siguiente, y a la siguiente, y a la siguiente también. ¿Estos son los detalles importantes?

El punto exacto está en un detalle, hay que ser observador.

Cruzo el jardín. Cuando esquivo la pileta, miro hacia el comedor y reviso a través del ventanal que Nina, mi hija, siga dormida, abrazada a su gran topo de peluche. Entro al coche por el lado del acompañante. Me siento pero dejo la puerta abierta y bajo la ventanilla, porque hace mucho calor. El gran rodete de Carla está un poco caído, desarmado hacia un lado. Apoya la espalda en el asiento consciente de que ya estoy ahí, otra vez junto a ella, y me mira.

—Si te lo cuento —dice—, ya no vas a querer verme más.

Pienso en qué decir, algo así como "pero Carla,

por favor, no seas ridícula", pero en cambio miro los dedos de sus pies, tensos sobre los pedales, las piernas largas, los brazos delgados pero fuertes. Me desconcierta que una mujer diez años más grande que yo sea tanto más hermosa.

—Si te cuento —dice—, no vas a querer que él juegue con Nina.

—Pero Carla, por favor, cómo no voy a querer.

—No vas a querer, Amanda —dice, y los ojos se le llenan de lágrimas.

—¿Cómo se llama?

—David.

—¿Es tuyo? ¿Es tu hijo?

Asiente. Ese hijo sos vos, David.

Ya sé, seguí.

Se limpia las lágrimas con los nudillos de las manos y suenan sus pulseras doradas. Yo nunca te había visto, pero cuando le comenté al señor Geser, el cuidador de la casa que alquilamos, que estaba viendo a Carla, él enseguida preguntó si ya te había conocido. Carla dice:

—Era mío. Ahora ya no.

La miro sin entender.

—Ya no me pertenece.

—Carla, un hijo es para toda la vida.

—No, querida —dice. Tiene las uñas largas y me señala a la altura de los ojos.

Entonces me acuerdo de los cigarrillos de mi marido, abro la guantera y se los paso junto con el encendedor. Prácticamente me los saca de las manos y el perfume de su protector solar se mueve también entre nosotras.

—Cuando David nació era un sol.

—Claro que sí —digo, y me doy cuenta de que ahora tengo que callarme.

—La primera vez que me lo dieron para sostenerlo me angustié muchísimo. Estaba convencida de que le faltaba un dedo —sostiene el cigarrillo con los labios, sonriendo por el recuerdo, y lo enciende—. La enfermera dijo que a veces pasa con la anestesia, que uno se persigue un poco, y hasta que no conté dos veces los diez dedos de las manos no me convencí de que todo había salido bien. Qué no daría ahora porque a David simplemente le faltara un dedo.

—¿Qué le pasa a David?

—Pero era un sol, Amanda, te digo que era un sol. Sonreía todo el día. Lo que más le gustaba era estar afuera. La plaza lo volvía loco, desde chiquito. Viste que acá no se puede circular con el carrito. En el pueblo sí, pero de acá hasta la plaza hay que ir entre las quintas y las chocitas de las vías, es un lío con el barro, pero a él le gustaba tanto que hasta los tres años lo cargaba hasta ahí a upa, las doce

cuadras. Cuando veía el tobogán empezaba a gritar.
¿Dónde está el cenicero en este coche?

Está bajo el tablero. Saco la base y se la paso.

—Entonces David se enfermó, a esa edad, más
o menos, hace unos seis años. Fue en un momento complicado. Yo había empezado a trabajar en
la granja de Sotomayor. Era la primera vez en mi
vida que trabajaba. Le hacía la contabilidad, que
de contabilidad la verdad no tenía nada. Digamos
que le ordenaba los papeles y lo ayudaba a sumar,
pero me entretenía. Andaba haciendo trámites por
el pueblo, bien vestida. Para vos que venís de la capital es diferente, acá para el glamour hay que tener
excusas, y esta era perfecta.

—¿Y tu marido?

—Omar criaba caballos. Así como lo escuchás.
Era otro tipo, Omar.

—Creo que lo vi ayer cuando salimos con Nina
a caminar. Pasó con la camioneta pero no nos contestó el saludo.

—Sí, ese es Omar ahora —dice Carla negando
con la cabeza—. Cuando lo conocí todavía sonreía,
y criaba caballos de carrera. Los tenía del otro lado
del pueblo, después del lago, pero cuando quedé
embarazada mudó todo para acá. Esta de acá era la
casa de mis viejos. Omar decía que cuando la pe-
gara nos llenábamos de guita y reformábamos todo.

Yo quería poner alfombra en el piso. Sí, una locura para vivir donde vivo, pero qué ilusión me hacía. Omar tenía dos yeguas madres de lujo de las que habían nacido Tristeza Cat y Gamuza Fina, vendidas ya y que corrían, y corren todavía, en Palermo y en San Isidro. Después nacieron otras dos, y un potrillo, pero de esos ya no me acuerdo los nombres. Para que te vaya bien en ese negocio tenés que tener un buen padrillo, y a Omar le prestaban el mejor. Cercó parte del terreno para las yeguas, hizo un corral detrás para los potrillos, plantó alfalfa, y después más tranquilo fue armando el establo. El trato era que él pedía el padrillo y se lo dejaban dos o tres días. Cuando los potrillos se vendían, un cuarto del dinero iba al dueño del padrillo. Eso es mucho dinero, porque si el padrillo es bueno y los potrillos se cuidan bien, cada uno puede venderse entre 200.000 y 250.000 pesos. Así que teníamos ese bendito caballo con nosotros. Omar lo miraba todo el día, lo seguía como un zombi para contabilizar cuantas veces se subía a cada yegua. Para salir esperaba a que yo volviera de lo de Sotomayor, y entonces me tocaba a mí, que apenas si lo pispiaba cada tanto desde la ventana de la cocina, te imaginarás. Cuestión que una tarde estoy lavando los platos y me doy cuenta de que hace rato que no veo al padrillo. Voy a la otra ventana, y a la otra, por donde se ve hacia atrás, y nada: están las yeguas, pero ni noticias del padrillo. Cargo a David, que ya daba sus primeros pasos y todo ese tiempo había estado intentando seguirme por la casa, y salgo. No hay muchas vueltas con estas cosas, un caballo está o no está. Evidentemente, por alguna razón, había saltado el cerco. Es raro, pero a veces pasa. Fui hasta el establo rezando por Dios que estuviera ahí, pero tampoco. Me avivé del riachuelo, que es chiquito pero para abajo, un caballo podría estar tomando agua y uno ni verlo desde la casa. Me acuerdo que David preguntó qué pasaba, lo agarré a upa antes de salir de la casa e iba abrazado a mi cuello, la voz se le entrecortaba por las zancadas que yo daba de un lado para el otro. "Ahitá mamá", dijo David. Y ahí estaba el padrillo, tomando agua del riachuelo. Ahora ya no me llama mamá. Bajamos y David quiso que lo dejara en el piso. Le dije que no se acercara al caballo. Y yo fui dando pasitos cortos hacia el animal. A veces se alejaba pero tuve paciencia y al rato me tomó confianza. Pude agarrarlo de la rienda. Qué alivio, me acuerdo perfecto, suspiré y dije en voz alta, "si te perdía, perdía también la casa, desgraciado". Ves, Amanda, eso es como el dedo que pensé que le faltaba a David. Uno dice "perder la casa sería lo peor", y después hay cosas peores y uno daría la casa y la vida por volver a ese momento y soltar la rienda de ese maldito animal.

Escucho el golpe de la puerta mosquitero del living y las dos nos volvemos hacia mi casa. Nina está en la puerta, abrazada a su topo. Está dormida, tan dormida que ni siquiera parece asustarle no vernos por ningún lado. Da unos pasos, sin soltar el peluche se agarra de la baranda y se concentra para bajar los tres escalones de la galería, hasta pisar el pasto. Carla vuelve a recostarse en el asiento y la mira por el espejo retrovisor, en silencio. Nina se mira los pies. Está haciendo eso nuevo que hace desde que llegamos, eso de intentar arrancar el pasto estirando y cerrando los dedos de los pies.

—David se había acuclillado en el riachuelo, tenía las zapatillas empapadas, había metido las manos en el agua y se chupaba los dedos. Entonces vi el pájaro muerto. Estaba muy cerca, a un paso de David. Le grité asustada, y él se asustó también, se levantó enseguida y se cayó de culo del mismo susto. Mi pobre David. Me acerqué arrastrando el caballo, que relinchaba y no quería seguirme, y como pude me las ingenié para cargarlo con una sola mano y luchar con los dos para trepar hasta arriba. De esto a Omar no le dije nada. ¿Para qué? La cagada ya estaba hecha y enmendada. Pero al día siguiente el caballo amaneció acostado. "No está", dijo Omar, "se escapó", y estuve a punto de decirle a Omar que ya se había escapado una vez, pero él lo adivinó acostado en los pastizales. "Mierda", dijo. El padrillo tenía los párpados tan hinchados que no se le veían los ojos. Tenía los labios, los agujeros de la nariz, toda la boca tan hinchada que parecía otro animal, una monstruosidad. Apenas tenía fuerzas para quejarse y Omar dijo que el corazón le latía como una locomotora. Mandó a llamar urgente al veterinario, vinieron algunos vecinos, todo el mundo preocupado corriendo de acá para allá, pero yo volví desesperada a la casa, saqué a David que todavía dormía en su cuna y me encerré en el cuarto, en la cama con él en brazos para rezar. Rezar como una loca, rezar como nunca había rezado en mi vida. Pensarás por qué no corrí a la guardia en lugar de encerrarme en la habitación, pero a veces no hay tiempo para confirmar el desastre. Lo que sea que hubiera tomado el caballo lo había tomado también mi David, y si el caballo se estaba muriendo no había chances para él. Lo supe con toda claridad, porque yo ya había escuchado y visto demasiadas cosas en este pueblo: tenía pocas horas, minutos quizá, para encontrar una solución que no fuera esperar media hora a un médico rural que ni siquiera llegaría a tiempo a la guardia. Necesitaba a alguien que le salvara la vida a mi hijo, al costo que fuera.

Espío otra vez a Nina, que ahora da unos pasos hacia la pileta.

—Es que a veces no alcanzan todos los ojos, Amanda. No sé cómo no lo vi, por qué mierda estaba ocupándome de un puto caballo en lugar de ocuparme de mi hijo.

Me pregunto si podría ocurrirme lo mismo que a Carla. Yo siempre pienso en el peor de los casos. Ahora mismo estoy calculando cuánto tardaría en salir corriendo del coche y llegar hasta Nina si ella corriera de pronto hasta la pileta y se tirara. Lo llamo "distancia de rescate", así llamo a esa distancia variable que me separa de mi hija y me paso la mitad del día calculándola, aunque siempre arriesgo más de lo que debería.

—Cuando decidí qué hacer no hubo vuelta atrás, más lo pensaba más me parecía la única salida posible. Cargué a David, que lloraba supongo que por mi propia angustia, y salí de la casa. Omar discutía con dos hombres alrededor del caballo y se agarraba cada tanto la cabeza. Dos vecinos más miraban desde el lote de atrás y se metían a veces en la conversación, opinando a los gritos de campo a campo. Me fui sin que se dieran cuenta. Salí a la calle —dijo Carla, señalándola al final de mi jardín, detrás del portón— y me fui para la casa verde.

—¿Qué casa verde?

La última ceniza del cigarrillo se le cae entre las tetas y la sacude soplando un poco, después suspira. Voy a tener que limpiar el coche porque mi marido es muy prolijo con estas cosas.

—Ahí vamos a veces los que vivimos acá, porque sabemos que esos médicos que llaman desde la salita llegan varias horas después, y no saben ni pueden hacer nada de nada. Si es grave vamos a lo de "la mujer de la casa verde" —dice Carla.

Nina deja su topo en mi reposera, arriba del toallón. Da unos pasos más hacia la pileta y yo me incorporo alerta en el asiento. Carla mira también, pero para ella la situación no parece presentar ningún peligro. Nina se acuclilla, se sienta en el borde y mete los pies en el agua.

—No es una adivina, ella siempre lo aclara, pero puede ver la energía de la gente, puede leerla.

—¿Cómo que puede "leerla"?

—Puede saber si alguien está enfermo y en qué parte del cuerpo está esa energía negativa. Cura el dolor de cabeza, las náuseas, las úlceras de la piel y los vómitos con sangre. Si llegan a tiempo, detiene los abortos espontáneos.

—¿Hay tantos abortos espontáneos?

—Dice que todo es energía.

—Mi abuela siempre lo decía.

—Lo que hace ella es detectarla, detenerla si es

negativa, movilizarla si es positiva. Acá en el pueblo la consultan mucho, y a veces viene gente de afuera. Los hijos viven en la casa de atrás. Son siete hijos, todos varones. Se ocupan de ella y de todo lo que ella necesite, pero dicen que nunca entran a la casa. ¿Querés que vayamos a la pileta con Nina?

—No, no te preocupes.

—¡Nina! —Carla la llama y solo entonces Nina nos ve en el coche.

Nina sonríe, tiene una sonrisa divina, tiene oyuelos y se le frunce un poco la nariz. Se levanta, recoge a su topo de la reposera y corre hacia nosotras. Carla se estira hacia atrás para abrirle la puerta trasera. Se mueve en el asiento del conductor con tanta naturalidad que parece difícil creer que hoy se subió a este coche por primera vez.

—Pero tengo que fumar, Amanda, lo siento por Nina pero no puedo terminar esto sin otro pucho.

Hago un gesto despreocupado y le paso otra vez el paquete.

—Sacá el humo para afuera —digo mientras Nina trepa al asiento.

—Mami.

—¿Qué, gordita? —dice Carla, pero Nina la ignora.

—Mami, ¿cuándo vamos a abrir la caja de los chupa-chupa?

Entrenada por su padre, Nina se sienta y se pone el cinturón.

—En un ratito.

—Okey —dice Nina.

—Okey —dice Carla, y solo entonces caigo en la cuenta de que en su relato no queda nada de todo el drama de antes de empezar a contar la historia. Ya no llora, ni apoya la cabeza en el volante. Cuenta su historia sin molestarse por las interrupciones, como si tuviera todo el tiempo del mundo y disfrutara regresando a ese pasado. Me pregunto, David, si podrás haber cambiado realmente tanto, si a Carla contar todo otra vez no le devuelve momentáneamente a ese otro hijo que tanto dice extrañar.

—En cuanto la mujer me abrió le puse a David en los brazos. Pero esta gente además de esotérica es bastante sensata, así que dejó a David en el suelo, me dio un vaso de agua y no aceptó empezar a hablar hasta que no estuve un poco más calmada. El agua me devolvió algo del alma al cuerpo, y es verdad, por un momento consideré que mis miedos podían ser una locura, pensé otras posibilidades por las cuales el caballo podía estar enfermo. La mujer miró fijamente a David, que se entretenía acomodando en fila unas miniaturas de adorno que había sobre la mesa del televisor. Se acercó y jugó un momento con él. Lo estudió con atención, disimuladamente, a veces apoyaba una mano en sus hombros, o le sostenía el mentón para mirarle bien los ojos. "El caballo ya está muerto", dijo la mujer, y yo no había dicho nada todavía del caballo, te lo juro. Dijo que a David le quedaban todavía algunas horas, quizá un día, pero que pronto necesitaría asistencia respiratoria. "Es una intoxicación", dijo, "va a atacarle el corazón". Me quedé mirándola, ni siquiera me acuerdo cuánto estuve así, helada, sin poder decir nada. Entonces la mujer dijo algo terrible. Algo peor a que te anuncien cómo se va a morir tu hijo.

—¿Qué dijo? —pregunta Nina.

—Andá, abrí los chupa-chupa —le digo.

Nina se saca el cinturón, agarra el topo y sale corriendo hacia la casa.

—Dijo que el cuerpo de David no resistiría la intoxicación, que moriría, pero que podíamos intentar una migración.

—¿Una migración?

Carla apagó el cigarrillo sin terminar y dejó su brazo estirado, colgando casi del cuerpo, como si todo el asunto de fumar la hubiera dejado completamente agotada.

—Si mudábamos a tiempo el espíritu de David a otro cuerpo, entonces parte de la intoxicación se iba también con él. Dividida en dos cuerpos había chances de superarla. No era algo seguro, pero a veces funcionaba.

—¿Cómo que a veces funcionaba? ¿Ya lo había hecho otras veces?

—Era la única manera que tenía de conservar a David. La mujer me acercó un té, dijo que beberlo despacio me calmaría, que me ayudaría a tomar mi decisión, pero yo me lo tomé en dos tragos. No podía ni siquiera ordenar lo que estaba escuchando. Mi cabeza era una maraña de culpa y terror y el cuerpo entero me temblaba.

—¿Pero vos creés en esas cosas?

—Entonces David se tropezó, o mejor dicho, me pareció que se había tropezado, y tardó en levantarse. Lo vi de espaldas con su remera de soldaditos preferida, intentando coordinar los brazos para incorporarse. Fue un movimiento torpe e inútil, que me recordó a los que intentaba unos meses atrás, cuando todavía aprendía a levantarse por sí mismo. Era un esfuerzo que él ya no necesitaba y entendí que la pesadilla estaba empezando. Cuando se volvió hacia mí tenía el ceño fruncido, y un gesto extraño, como de dolor. Corrí hacia él y lo abracé. Lo abracé con tanta fuerza, Amanda, con tanta que me parecía imposible que algo o alguien en el mundo pudiera quitármelo de las manos. Lo escuché respirar, muy cerca de mi oído, un poco agitado. La mujer nos apartó con un movimiento suave pero firme. David se quedó sentado contra el respaldo del sillón, y empezó a refregarse los ojos y la boca. "Hay que hacerlo pronto", dijo la mujer. Le pregunté a dónde iría David, el alma de David, si podíamos mantenerlo cerca, si podíamos elegir para él una buena familia.

—No sé si entiendo, Carla.

—Sí entendés, Amanda, entendés perfectamente.

Quiero decirle a Carla que todo es una gran barbaridad.

Esa es una opinión tuya. Eso no es importante.

Es que no puedo creerme semejante historia, ¿pero en qué momento de la historia es apropiado indignarse?

—La mujer dijo que ella no podía elegir una familia —dice Carla—, no podía saberse dónde iría. Dijo también que la migración tendría sus consecuencias. No hay sitio en un cuerpo para dos espíritus y no hay un cuerpo sin espíritu. La trasmigración se llevaría el espíritu de David a un cuerpo sano, pero traería también un espíritu desconocido al cuerpo enfermo. Algo de cada uno quedaría en el otro, ya no sería lo mismo, y yo tenía que estar dispuesta a aceptar su nueva forma.

—¿Su nueva forma?

—Pero para mí era tan importante saber adónde iría, Amanda. Y ella que no, que era mejor no saber. Que lo importante era liberar a David del cuerpo enfermo, y entender que, incluso sin David en ese cuerpo, yo seguiría siendo responsable del cuerpo, pasara lo que pasara. Yo tenía que asumir ese compromiso.

—Pero David…

—Y al rato de darle vueltas al asunto, David se acercó otra vez y me abrazó. Tenía los ojos hinchados, los párpados rojos y tirantes, inflados como los del caballo, no lloraba, las lágrimas se le caían sin gritar ni parpadear. Estaba débil y aterrado. Le di un beso en la frente y me di cuenta de que volaba de fiebre. Volaba, Amanda. En ese momento mi David ya debía estar viendo el cielo.

Tu madre se agarra del volante y se queda mirando el portón de mi casa. Te está perdiendo otra vez: se ha acabado la parte feliz de la historia. Cuando la conocí unos días atrás creí que ella también, como yo, alquilaba una casa temporalmente, mientras su marido trabajaba en los alrededores.

¿Qué te hizo pensar que ella tampoco era del pueblo?

Quizá porque se la veía tan sofisticada con sus blusas coloridas y su gran rodete en la cabeza, tan simpática, distinta y ajena a todo lo que la rodeaba. Ahora me inquieta que empiece a llorar otra vez, que no se suelte del coche de mi marido, que

Nina esté sola dando vueltas por la casa. Tendría que haberle dicho a Nina que después de agarrar el chupa-chupa regresara al coche, aunque no, mejor tenerla lejos, esta historia no tiene nada que ver con Nina.

—Carla —digo.

—Le dije que sí, que lo hiciera. Que hiciéramos lo que hubiera que hacer. La mujer me dijo que iríamos a otro cuarto. Alcé a David, que prácticamente se desvaneció sobre mi hombro. Estaba tan caliente y tan hinchado que era hasta extraño al tacto. La mujer abrió un cuarto, el último al final del pasillo. Me hizo una seña para que esperara en el umbral y se metió. El cuarto era oscuro y desde afuera apenas pude adivinar qué hacía. Puso una palangana grande y baja en el centro. Lo entendí cuando escuché el ruido del agua, que primero vertió dentro de un balde. Salió hacia la cocina pasando concentrada junto a nosotros, y a mitad de camino se volvió y miró un momento a David, miró su cuerpo, como si quisiera memorizar su forma o quizá sus medidas. Regresó con un gran ovillo de hilo sisal y un ventilador de mano y entró otra vez al cuarto. David hervía tanto que, cuando me lo quitó, mi cuello y mi pecho estaban empapados. Fue un movimiento rápido, sus manos prácticamente salieron de la oscuridad del cuarto y volvieron a perderse con

David. Fue la última vez que lo tuve en brazos. La mujer salió otra vez, sin David, me llevó hasta la cocina y volvió a servirme más té. Dijo que ahí tenía que esperar. Que si me movía por la casa podía mover otras cosas, sin querer. Cosas que no debían moverse. En una migración, dijo, solo debía estar en movimiento aquello preparado para partir. Y yo me agarré fuerte a la taza de té y apoyé la cabeza contra la pared. Se alejó por el pasillo sin decir nada más. En ningún momento David me llamó, tampoco lo escuché hablar o llorar. Un rato después, unos dos minutos, escuché cerrarse la puerta de la habitación. Frente a mí, sobre una repisa de la cocina, los siete hijos, ya hombres, me miraron todo ese tiempo desde un gran portarretratos. Desnudos de la cintura para arriba, rojos bajo el sol, sonreían inclinados sobre sus rastrillos y, detrás, el gran campo de soja recién cortada. Y así, inmóvil, esperé mucho tiempo. Unas dos horas, diría yo, sin beber el té ni separar nunca la cabeza de la pared.

—¿Escuchaste algo, en todo ese tiempo?

—Nada. Solo la puerta abrirse cuando todo se acabó. Me erguí, hice a un lado el té, todo mi cuerpo estaba alerta pero no me animé a levantarme. No sabía si ya podía hacerlo. Escuché los pasos de ella, que ya conocía, pero nada más. Los pasos se detuvieron a mitad de camino, no podía verla todavía. Y entonces lo llamó. "Vamos, David", dijo, "voy a llevarte con tu madre". Me agarré del borde de la silla. No quería verlo, Amanda, lo que quería era escapar. Desesperadamente. Me pregunté si podría alcanzar la puerta de salida antes de que ellos llegaran a la cocina. Pero no pude moverme. Entonces escuché sus pasos, muy suaves sobre la madera. Cortos e inseguros, tan distintos a los de mi David. Se interrumpían cada cuatro o cinco movimientos, y entonces los de ella también se detenían y lo esperaban. Ya casi estaba en la cocina. Su mano pequeña, ahora sucia de barro seco o de polvo, tanteó la pared, sosteniéndose. Nos miramos, pero yo enseguida aparté la vista. Ella lo empujó hacia mí y él dio unos pasos más, casi trastabillando, y volvió a sostenerse de la mesa. Creo que todo ese tiempo dejé de respirar. Cuando volví a hacerlo, cuando él dio un paso más hacia mí, por su cuenta, yo me eché hacia atrás. Él estaba muy colorado, transpiraba. Tenía los pies mojados y las huellas húmedas de su recorrido ya empezaban a secarse.

—¿Y no lo agarraste, Carla? ¿No lo abrazaste?

—Me quedé mirándole las manos sucias. Avanzó con ellas por el borde de la mesa, como si se tratara de un barral, y ahí vi sus muñecas. Tenía en las muñecas, y un poco más arriba también, marcas en la piel, líneas como pulseras, quizá hechas por el hilo sisal. "Parece cruel", dijo la mujer acercándose ella también, atenta a mi reacción y al siguiente paso de David, "pero hay que asegurarse de que solo se vaya el espíritu". Le acarició las muñecas, y como perdonándose a sí misma dijo "el cuerpo tiene que quedarse". Bostezó, me di cuenta de que había estado bostezando desde que regresó a la cocina. Dijo que era efecto de la transmigración, y que le pasaría a él también, en cuanto terminara de despertarse. Había que sacarlo todo, bostezar con la boca bien abierta, "dejar salir".

—¿Y David? —pregunto.

—La mujer apartó la silla que había a mi lado y se la señaló a David para que se siente.

—¿Y vos? ¿Ni siquiera lo tocaste, pobrecito?

—Después la mujer se puso a servir más té y mientras nos miraba con disimulo, atenta a nuestro encuentro. David se subió a la silla con esfuerzo, pero no pude ayudarlo. Se quedó mirándose las manos. "Tiene que bostezar pronto", dijo la mujer bostezando profundamente, tapándose la boca. Se sentó a la mesa también, con su té, y se quedó mirándolo con atención. Le pregunté cómo había salido todo. "Mejor de lo que esperaba", dijo. La trasmigración se había llevado parte de la intoxicación y, dividida ahora en dos cuerpos, perdería la batalla.

—¿Qué significa eso?

—Que David podría sobrevivir. El cuerpo de David y también David en su nuevo cuerpo.

Miro a Carla y Carla me mira también, con una sonrisa abiertamente falsa, como de payaso, que por un momento me confunde y me hace pensar que todo es un chiste largo y de mal gusto. Pero dice:

—Así que este es mi nuevo David. Este monstruo.

—Carla, no te enojes pero necesito saber en qué anda Nina.

Ella asiente y vuelve a mirarse las manos sobre el volante. Me muevo, preparándome para salir del coche, pero ella no amaga a seguirme. Dudo un momento en el que no pasa nada, y ahora realmente me preocupo por Nina. Cómo puedo medir mi distancia de rescate si no sé dónde está. Salgo y camino hacia la casa. Hay algo de brisa, la siento en la espalda y en las piernas traspiradas por el asiento. Enseguida veo a Nina a través del vidrio, corre una silla del living a la cocina, arrastrándola por detrás. Todo está en orden, pienso, pero sigo hacia la casa. Todo está en orden. Subo los tres escalones de la galería, abro la puerta mosquitero, entro y cierro. Pongo el pasador, porque siempre lo hago, instintivamente, y con la frente contra la tela mosquitero me quedo mirando el coche, el rodete colorado que asoma sobre el asiento del conductor, atenta a cualquier movimiento.

Te llamó "monstruo", y me quedé pensando también en eso. Debe ser muy triste ser lo que sea que sos ahora, y que además tu madre te llame "monstruo".

Estás confundida, y eso no es bueno para esta historia. Soy un chico normal.

Esto no es normal, David. Solo hay oscuridad, y me hablás al oído. Ni siquiera sé si realmente esto está sucediendo.

Está sucediendo, Amanda. Estoy arrodillado al borde de tu cama, en uno de los cuartos de la salita de emergencias. Tenemos poco tiempo, y antes de que el tiempo se acabe hay que encontrar el punto exacto.

¿Y Nina? Si todo esto realmente sucede, ¿dónde está Nina? Mi Dios, dónde está Nina.

Eso no es importante.

Eso es lo único importante.

No es importante.

Basta, David, no quiero seguir.

Si no avanzamos, no tiene sentido que siga haciéndote compañía. Voy a irme, y vas a quedarte sola.

No, por favor.

¿Qué pasa entonces, ahora, en el jardín? Estás en la puerta de la casa, tenés la frente apoyada en la tela mosquitero.

Sí.

¿Y entonces?

El rodete de Carla se mueve un poco detrás del asiento, como si mirara hacia los lados.

¿Qué más? ¿Qué más pasa en ese mismísimo momento?

Cambio el peso de mi cuerpo de una pierna a la otra.

¿Por qué?

Porque me alivia, porque últimamente siento que mantenerme en pie implica un gran esfuerzo. Se lo dije una vez a mi marido, y él dijo que quizá estaba un poco deprimida, eso fue antes de que Nina naciera. Ahora el sentimiento es el mismo, pero ya no es lo más importante. Solo estoy un poco cansada, eso me digo, y a veces me asusta pensar que los problemas de todos los días puedan ser para mí un poco más terribles que para el resto de la gente.

¿Y qué pasa después?

Nina se acerca y me abraza las piernas.

—¿Qué pasa, mamá?

—Shhh.

Me suelta y se apoya también contra el mosquitero. Entonces la puerta del coche se abre. Carla saca una pierna y luego la otra. Nina me da la mano. Carla se incorpora, agarra su cartera y se acomoda la bikini. Temo que se vuelva hacia acá y nos descubra, pero no lo hace, ni siquiera cruza el jardín para levantar sus ojotas, camina directamente hacia el portón con la cartera bajo el brazo. Derecha y en línea recta, como si llevara un vestido largo que exigiera gran concentración al caminar. Solo cuando tu madre llega a la calle y se pierde detrás de la ligustrina, Nina me suelta. ¿Dónde está Nina ahora, David? Necesito saberlo.

Contame más sobre la distancia de rescate.

Varía con las circunstancias. Por ejemplo, las primeras horas que pasamos en la casa quería tener a Nina siempre cerca. Necesitaba saber cuántas salidas había, detectar las zonas del piso más astilladas, confirmar si el crujido de la escalera significaba algún peligro. Le señalé estos puntos a Nina, que no es miedosa pero sí obediente, y al segundo día el hilo invisible que nos une se estiraba otra vez, presente pero permisivo, dándonos de a ratos cierta independencia. Entonces, ¿la distancia de rescate sí es importante?

Muy importante.

Sin soltar la mano de Nina caminamos hasta la cocina. La siento en una banqueta y preparo un poco de ensalada con atún. Nina me pregunta si la mujer ya se fue, si estoy segura, y cuando le digo que sí deja el banco, sale corriendo de la casa por la puerta que da al jardín y da toda la vuelta gritando y riéndose, hasta volver a entrar. Le toma menos de un minuto. La llamo y se sienta frente a su plato, come un poco y sale a dar otra vuelta alrededor de la casa.

¿Por qué hace eso?

Es una costumbre que le agarró desde que llegamos, da unas dos o tres vueltas en cada almuerzo.

Esto es importante, esto podría tener que ver con los gusanos.

Cuando Nina pasa por detrás del ventanal aplasta la cara contra el vidrio y cruzamos sonrisas. Me gustan sus brotes de energía pero esta vez sus vueltas me inquietan. Mi conversación con Carla tensó el hilo que nos ata y la distancia de rescate volvió a acortarse. ¿Qué tan diferente sos ahora del David de hace seis años atrás? ¿Qué cosas tan terribles hiciste para que tu madre ya no te acepte como propio? Esas son las cosas que no dejo de preguntarme.

Pero no son las cosas importantes.

Cuando Nina termina su ensalada vamos juntas hasta el coche, cargando las bolsas vacías para las compras. Ella se sienta atrás, se abrocha el cinturón y empieza a hacer preguntas. Quiere saber a dónde fue la mujer cuando se bajó del coche, quiere saber dónde vamos a comprar la comida, si en el pueblo hay más chicos, si puede tocar a los perros, si los árboles que se ven alrededor de la casa son todos nuestros. Quiere saber, sobre todo, dice poniéndole ahora el cinturón al topo, si acá la gente también habla nuestro idioma. El cenicero del coche está limpio y las ventanas levantadas. Bajo la mía y me pregunto en qué momento Carla se habrá tomado estas molestias. Un aire fresco entra con el sol, que ya pica fuerte. Vamos lento y tranquilo, así me gusta ir a mí y cuando conduce mi marido es imposible. Este es mi momento de manejar, cuando estoy de vacaciones, esquivando pozos de ripio y tierra entre las quintas de fin de semana y las casas locales. En la ciudad no puedo, la ciudad me pone demasiado nerviosa. Dijiste que estos detalles eran importantes.

Sí.

Doce cuadras largas nos separan del centro y a medida que nos acercamos las casas se vuelven más humildes y chiquitas, peleando ya por su lugar, casi sin jardines y con menos árboles. La primera calle asfaltada es el boulevard que atraviesa el centro de punta a punta, unas diez cuadras. Está asfaltada, sí, pero hay tanta tierra que la sensación en el coche apenas cambia. Es la primera vez que hacemos este recorrido, y comento con Nina lo bueno que es tener toda la tarde por delante para hacer las compras y pensar en qué vamos a cenar. Hay una pequeña feria de alimentos en la plaza principal y dejamos el coche para caminar un poco.

—Dejemos al topo en el coche —le digo a Nina.

Y ella dice "sí, su señoría", porque a veces nos gusta jugar a hablar diplomáticamente, como señoras ricas.

—¿Qué le parece, Madám, un poco de garrapiñada? —pregunto, ayudándola a bajarse del coche.

—Nos parece ideal —dice Nina, convencida desde siempre de que el diálogo señorial es en plural.

Me gusta lo del plural.

Son siete puestos improvisados sobre tablas y caballetes, o en lonas sobre el piso. Pero es buena comida, de las quintas o de producción artesanal. Compramos frutas, verduras y miel. El señor Geser recomendó una panadería donde hacen panes integrales —parece que son famosos en el pueblo—, y ahí vamos también. Compramos tres, para darnos una buena panzada. Los dos viejos que atienden le regalan a Nina una bola de fraile rellena de dulce de leche y casi lloran de la risa cuando Nina la prueba y dice "¡qué exquisitez divina!, ¡nos encanta!". Preguntamos dónde podemos conseguir algún muñeco inflable para la pileta y nos explican cómo llegar a Casa Hogar. Hay que ir del otro lado del boulevard, unas tres cuadras hacia el lago, y como nos sobran energías dejamos las compras en el coche y vamos caminando. En Casa Hogar Nina elige una orca. Es el único modelo que hay, pero ella lo señala sin rodeos, segura de su decisión. Mientras pago, Nina se aleja. Está en algún lugar detrás de mí, camina entre las góndolas de electrodomésticos y los artículos de jardín, no la veo pero el hilo se tensa y podría adivinar fácilmente por dónde anda.

—¿Le ofrezco algo más? —me pregunta la mujer de la caja.

Un grito agudo nos interrumpe. No es un grito de Nina, eso es lo primero que pienso. Es agudo y entrecortado, como si un pájaro imitara a un chico. Nina viene corriendo desde el pasillo de las cocinas. Está agitada, entre divertida y asustada, se agarra de mis piernas y se queda mirando el final del corredor. La cajera suspira resignada y da la vuelta para salir del mostrador. Nina tira de mi mano para que siga a la mujer por el mismo pasillo. Más allá, la mujer apoya sus puños a ambos lados de su cadera, aparentando estar enojada.

—¿Qué te dije? ¿Qué hablamos, Abigaíl?

Los gritos se repiten, entrecortados pero mucho más bajitos, casi tímidos al final.

—Dale, caminá.

La mujer estira la mano hacia el otro pasillo y, cuando se da vuelta hacia nosotras, una mano chiquita la acompaña. Una nena aparece lentamente. Pienso que todavía está jugando, porque renguea tanto que parece un mono, pero después veo que tiene una de las piernas muy corta, como si apenas se extendiera por debajo de la rodilla, pero aún así tuviera un pie. Cuando levanta la cabeza para mirarnos vemos la frente, una frente enorme que ocupa más de la mitad de la cabeza. Nina me aprieta la mano y hace su risa nerviosa. Está bien que Nina vea esto, pienso. Está bien que sepa que no todos nacemos iguales, que aprenda a no asustarse. Pero secretamente pienso que si esa fuera mi hija no sabría qué hacer. Es algo horroroso, y la historia de tu madre se me viene a la cabeza. Pienso en vos, o en el otro David, el primer David sin su dedo. Esto es todavía peor, pienso. Yo no tendría las fuerzas. Pero la mujer viene hacia acá arrastrándola con paciencia, le limpia la cabeza sin pelos, como si tuviera polvo, y le habla con dulzura al oído, diciendo algo sobre nosotras que no podemos escuchar. ¿Conocés a esta nena, David?

Sí, la conozco.

¿Hay parte tuya en ese cuerpo?

Esas son historias de mi madre. Ni vos ni yo tenemos tiempo para eso. Buscamos gusanos, algo muy parecido a gusanos, y el punto exacto en el que tocan tu cuerpo por primera vez.

—¿Quién es, mamá? —dice Nina.

Ya no hay trato señorial. Cuando están cerca Nina da algunos pasos hacia atrás, quiere que nos alejemos. Hacemos lugar apoyándonos contra una de las cocinas. La nena tiene la altura de Nina pero no podría decir su edad, creo que es mayor, quizá tenga tu edad.

No pierdas tiempo.

Es que tu madre debe conocer a esta nena, a esta nena y a la madre, y toda la historia, pienso, y sigo pensando en ella cuando la mujer da la vuelta al mostrador y por la altura la nena desaparece tras el mueble. La mujer aprieta el botón de la caja registradora y me da el vuelto con una sonrisa triste, hace todo esto con ambas manos, una para el botón, otra para mi dinero, y así como un momento atrás me preguntaba cómo podía agarrar a esa nena de la mano, ahora me pregunto cómo es posible soltarla, y acepto el vuelto agradeciendo muchas veces, con culpa y remordimiento.

¿Qué más?

Volvemos a casa y Nina tiene sueño. La siesta tan tarde no es un buen negocio, después a la noche le cuesta dormirse, pero estamos de vacaciones, por eso estamos acá, me lo recuerdo a mí misma para relajarme un poco. Mientras acomodo las compras, Nina se duerme en el sillón del living, profundamente. Conozco su sueño, si nada brusco la despierta, puede estar así al menos una o dos horas. Y entonces pienso en la casa verde, y me pregunto qué tan lejos estará. La casa verde es la casa de la mujer que te atendió.

Sí.

Que te salvó de la intoxicación.

No es importante.

¿Cómo que no? Esta es la historia que necesitamos entender.

No, esa no es la historia, eso no tiene que ver con el punto exacto. No te distraigas.

Es que necesito medir el peligro, sin esta medición es difícil calcular la distancia de rescate. Así como al llegar revisé la casa y los alrededores, ahora necesito ver la casa verde, entender su gravedad.

¿Cuándo empezaste a medir esta distancia de rescate?

Es algo heredado de mi madre. "Te quiero cerca", me decía. "Mantengamos la distancia de rescate."

Tu madre no importa, seguí.

Ahora me alejo de la casa. Todo va a salir bien, pienso, segura de que la caminata no tomará más de unos diez minutos. Nina duerme profundamente y sabe despertarse sola y esperarme tranquila, lo hacemos así en casa, cuando bajo un momento a comprar por la mañana. Camino por primera vez en dirección contraria al lago, hacia la casa verde. "Tarde o temprano algo malo va a suceder", decía mi madre, "y cuando pase quiero tenerte cerca".

Tu madre no importa.

Me gusta mirar las casas y las quintas, el campo, pienso que podría caminar así por horas.

Se puede. Yo lo hago por las noches.

¿Y Carla te lo permite?

Es un error hablar ahora de mí. ¿Cómo es la caminata, en tu cuerpo?

Camino rápido, me gusta cuando la respiración se hace rítmica y se reduce a los pensamientos esenciales, pensar en la caminata y nada más que eso.

Eso es bueno.

Me acuerdo del movimiento de la mano de Carla en el coche. "Los que vivimos acá salimos para el otro lado", dijo. El brazo se estiró hacia su derecha y la mano sostuvo el cigarrillo a la altura de mi boca, el cigarrillo afilando la indicación. Hacia este lado las casas tienen mucho más terreno. Algunas hasta tienen sembrados, los lotes alargados se extienden hacia el fondo hasta media hectárea, unos pocos con trigo o girasoles, casi todos con soja. Cruzando unos cuantos lotes más, detrás de una larga hilera de álamos, se abre hacia la derecha un camino más angosto que acompaña un riachuelo pequeño pero profundo.

Sí.

Unas cuantas casas más humildes dan a la orilla del riachuelo, apretadas entre el hilo oscuro y fino de agua y el alambrado del siguiente lote. La anteúltima está pintada de verde. El color está desgastado pero todavía se ve fuerte, insólito en el resto del paisaje. Me detengo un segundo y un perro sale del pastizal.

Esto es importante.

¿Por qué? Necesito entender qué cosas son importantes y qué cosas no.

¿Qué pasa con el perro?

Respira agitado y mueve la cola, le falta una pata trasera.

Sí, eso es muy importante, eso tiene mucho que ver con lo que buscamos.

Cruza la calle, me mira un momento y sigue hacia las casas. No hay nadie a la vista, y como lo extraño siempre me parece una advertencia, regreso.

Algo va a pasar ahora.

Sí. Cuando llego a la casa veo a Carla esperando en la puerta. Se aleja unos pasos y mira hacia arriba, quizá a las ventanas de los cuartos. Tiene puesto un vestido rojo de algodón y los breteles de la bikini le asoman todavía en los hombros. Nunca entra a la casa, me espera afuera, afuera charlamos y tomamos sol, pero si yo entro a buscar más limonada o a ponerme protector, ella prefiere esperar afuera.

Sí.

Ahora me ve y se pone de pie. Quiere decirme algo y no sabe si acercarse o no. No parece poder decidir qué será mejor. Entonces siento, con una claridad espantosa, el hilo que se tensa, la imprecisa distancia de rescate.

Esto va directamente al punto exacto.

Carla hace un gesto, levanta las manos como si no entendiera qué está pasando. Y tengo una espantosa sensación de fatalidad.

—¿Qué? ¿Qué pasa? —se lo pregunto gritando, casi corriendo ahora hacia ella.

—Está en tu casa. David está en tu casa.

—¿Cómo que en mi casa?

Carla me señala la ventana del cuarto de mi hija, en el primer piso. La palma de una mano está apoyada en el vidrio, después Nina aparece sonriente, quizá está arriba de un banco o de su escritorio, me ve y me saluda a través del vidrio. Se la ve divertida y tranquila, y por un momento agradezco que mi sentimiento de fatalidad no funcione correctamente, que todo haya sido una falsa alarma.

Pero no lo es.

No. Nina dice algo que yo no puedo escuchar, y lo repite otra vez, usando las manos como altavoz, excitada. Entonces me acuerdo de que al salir dejé todas las ventanas abiertas, por el calor, las ventanas de arriba y las de abajo, ahora completamente cerradas.

—¿Tenés llave? —pregunta Carla—. No pude abrir ninguna de las dos puertas.

Camino hacia la casa, casi corro, y Carla corre detrás de mí.

—Tenemos que entrar rápido —dice Carla.

Esto es una locura, pienso, David es solo un chico. Pero no puedo dejar de correr. Busco las llaves en los bolsillos y estoy tan nerviosa que, aunque las tengo ya entre mis dedos, no puedo terminar de sacarlas.

—Rápido, rápido —dice Carla.

Tengo que alejarme de esta mujer, me digo mientras logro sacar las llaves. Abro la puerta y la dejo entrar detrás de mí, siguiéndome muy de cerca. Esto es el mismísimo terror, entrar a una casa que apenas conozco buscando a mi hija con tanto miedo que no puedo siquiera pronunciar su nombre. Subo las escaleras y Carla sube detrás. Qué tan terrible será lo que sea que esté pasando como para que tu madre se anime al fin a entrar a la casa.

—Rápido, rápido —dice.

Tengo que sacar a esta mujer ya mismo de mi casa. Subimos el primer trecho en dos o tres saltos, y después el segundo. El pasillo tiene dos cuartos a cada lado. No hay nadie en el primero, desde donde Nina saludaba, y me quedo todavía un instante más del necesario porque tengo la idea de que también podrían estar escondidos. En el segundo cuarto tampoco están, miro en esquinas y lugares insólitos, como si, secretamente, mi mente estuviera preparándose para enfrentar algo descomunal. El tercer cuarto es el mío. Como los anteriores, la puerta está cerrada y la abro rápidamente, dando unos pasos dentro de la habitación. Es David. Este es entonces David, me digo. Te veo, por primera vez.

Sí.

Estás de pie en el medio del cuarto, mirando hacia la puerta, como esperándonos. Quizá hasta preguntándote por qué tanta alarma.

—¿Dónde está Nina? —te pregunto.

No me contestás.

No sé dónde está Nina en ese momento, y no te conozco.

—¿Dónde está Nina? —repito a los gritos.

Mi excitación no te asusta ni te sorprende. Parecés cansado, aburrido. Si no fuera por las manchas blancas que tenés en la piel serías un chico normal y corriente. Eso fue lo que pensé.

—Mami —es la voz de Nina.

Me vuelvo hacia el pasillo. Está agarrada de la mano de Carla y me mira asustada.

—¿Qué pasa? —dice Nina arrugando el entrecejo, a punto de llorar.

—¿Estás bien? ¿Estás bien, Nina? —pregunto.

Nina duda, pero quizá es porque me ve furiosa, indignada con Carla y con toda la locura de Carla.

—Esto es una locura —le digo a tu madre—, estás completamente loca.

Nina se suelta.

Estás sola, me digo, es mejor sacar a esta mujer cuanto antes de la casa.

—Esto siempre termina así con David. —A Carla los ojos se le llenan de lágrimas.

—¡David no hizo nada! —y ahora sí grito, ahora soy yo la que parezco una loca—. Sos vos la que nos asustás a todos con tu delirio de…

Te miro. Tenés los ojos rojos, y la piel, alrededor de los ojos y de la boca, es un poco más fina de lo normal, un poco más rosada.

—Andate —se lo digo a Carla, pero te estoy mirando a vos.

—Vamos, David —dice tu madre.

No te espera. Se aleja y baja las escaleras. Baja erguida y elegante con su vestido rojo y su bikini dorada. Siento la mano de Nina, pequeña y suave, agarrar mi propia mano con cuidado. Vos no te movés.

—Andá con tu mamá —te digo.

No negás ni contestás. Estás así, como apagado. Me molesta que no te muevas pero más me molesta ahora Carla y prefiero bajar para asegurarme de que salga de la casa. Tengo que hacerlo despacio, esperando los pasos de Nina que no quiere soltarme. Ya en la cocina, antes de salir, Carla se vuelve para decirme algo, pero mi mirada la disuade y sale en silencio. ¿Es este el punto?

No, no es el punto exacto.

Es difícil si no sé exactamente qué es lo que busco.

Se trata de algo en el cuerpo. Pero es casi imperceptible, hay que estar atento.

Por eso son tan importantes los detalles.

Sí, por eso.

¿Pero cómo pude dejar que se metieran tan rápidamente entre nosotras? ¿Cómo puede ser que dejar a Nina unos minutos sola, durmiendo, implique tal grado de peligro y de locura?

No es el punto exacto. No perdamos tiempo en esto.

¿Por qué hay que ir tan rápido, David? ¿Tan poco tiempo queda?

Muy poco.

Nina está todavía en la cocina, mirándome desconcertada, quitándose sola el susto. Le acerco un banco para que se siente y preparo la merienda. Estoy muy nerviosa pero hacer cosas con las manos me excusa de darle explicaciones, me da tiempo para pensar.

—¿David también va a merendar? —dice Nina.

Pongo el agua en el fuego y miro hacia arriba.

Pienso en tus ojos, me pregunto si todavía estarás parado en el medio de la habitación.

¿Por qué? Esto sí es importante.

No sé, ahora que lo pienso no sos vos lo que me asusta.

¿Qué es?

¿Vos sabés qué es, David?

Sí, tiene que ver con los gusanos, cada vez estamos más cerca del punto exacto.

Me enderezo en el banco con atención.

¿Por qué, qué pasa?

Porque te veo afuera, en el jardín, y no entiendo por dónde bajaste. Todo el tiempo estuve atenta a las escaleras. Te acercás a las ojotas que Carla dejó ahí, las levantás, caminás hasta el borde de la pileta y las tirás al agua. Mirás alrededor y encontrás la toalla y el pañuelo de Carla, y también los tirás al agua. Cerca están mis sandalias y mis anteojos, los ves, pero eso no parece interesarte. Ahora que estás al sol, descubro algunas manchas en tu cuerpo que antes no había visto. Son sutiles, una cubre la parte derecha de la frente y casi toda la boca, otras manchas te cubren los brazos y una de las piernas. Te parecés a Carla y pienso que sin las manchas hubieras sido un chico realmente lindo.

¿Qué más?

Me calmo. Porque te vas y cuando te vas finalmente me calmo. Abro las ventanas, me siento un momento en el sillón del living. Es un lugar estratégico porque desde ahí se ve el portón de entrada, el jardín y la pileta, y para el otro lado se puede seguir controlando la cocina. Nina sigue sentada comiendo las últimas galletitas, parece entender que no es un buen momento para hacer sus vueltas energéticas alrededor de la casa.

¿Y qué más?

Tomo una decisión. Me doy cuenta de que ya no quiero estar acá. La distancia de rescate está ahora tan tensa que no creo que pueda separarme más de unos pocos metros de mi hija. La casa, los alrededores, todo el pueblo me parece un sitio inseguro y no hay ninguna razón para correr riesgos. Sé perfectamente que el próximo movimiento me lleva a armar los bolsos e irme.

¿Qué te preocupa?

No quiero pasar una noche más en la casa, pero salir enseguida significaría conducir en la oscuridad demasiadas horas. Me digo a mí misma que solo estoy asustada, que es mejor descansar y mañana pensar las cosas más tranquila. Pero es una noche terrible.

¿Por qué?

Porque no duermo bien. Me despierto varias veces. A veces creo que es porque la habitación es demasiado grande. La última vez que me despierto todavía está oscuro. Llueve, pero no es eso lo que me alarma cuando abro los ojos. Son los reflejos violáceos del velador de Nina. La llamo pero no contesta. Salgo de la cama, me pongo el salto de cama. Nina no está en su cuarto, ni en el baño. Bajo agarrándome del barral, es que todavía estoy muy dormida. La luz de la cocina está encendida. Nina está sentada a la mesa, sus piecitos descalzos cuelgan de la silla. Pienso si así serán los chicos sonámbulos, si eso es lo que harás vos a la noche, cuando Carla dice que encuentra tu cama vacía y que no estás en la casa. Pero claro, eso no es importante ahora, ¿no?

No.

Doy unos pasos más hacia la cocina y descubro que, del otro lado de la mesa, está mi marido. Es una imagen imposible, ¿cómo puede ser que no lo haya escuchado entrar? No debería llegar hasta el fin de semana. Me apoyo en el umbral. Algo pasa, algo pasa, me digo, pero todavía no logro despertarme. Él tiene las manos entrelazadas sobre la mesa, está inclinado hacia Nina y la mira con el entrecejo fruncido. Después me mira a mí.

—Nina tiene algo para decirte —dice.

Pero Nina mira a su padre y copia el gesto de sus manos sobre la mesa. No dice nada.

—Nina… —dice mi marido.

—No soy Nina —dice Nina.

Se apoya en el respaldo y cruza las piernas de un modo en que nunca antes lo había hecho.

—Decile a tu madre por qué no sos Nina —dice mi marido.

—Es un experimento, señora Amanda —dice y empuja hacia mí una lata.

Mi marido toma la lata y la gira, para que yo pueda ver la etiqueta. Es una lata de arvejas de una marca que no compro, que nunca compraría. Más grande que las nuestras, de un tipo de arveja mucho más duro, rústico y económico. Un producto que jamás elegiría para alimentar a mi familia y que Nina no pudo haber sacado de nuestras alacenas. Sobre la mesa, a esa hora de la madrugada, la lata tiene una presencia alarmante. Esto sí importa, ¿no?

Esto importa muchísimo.

Me acerco.

—¿De dónde salió esa lata, Nina? —mi pregunta suena más firme de lo que hubiera querido.

Y Nina dice:

—No sé a quién le está hablando, señora Amanda.

Miro a mi marido.

—¿Con quién estamos hablando? —le pregunta él, siguiéndole el juego.

Nina abre la boca pero no sale ningún sonido.

La mantiene abierta unos segundos, muy abierta, como si estuviera gritando o todo lo contrario, como si necesitara una gran cantidad de aire que no pudiera encontrar, es un gesto espantoso que nunca le había visto hacer. Mi marido se inclina sobre la mesa hacia ella, todavía un poco más. Creo que simplemente no puede creerlo. Cuando Nina cierra finalmente la boca, él, de golpe, vuelve a sentarse, como si todo ese tiempo lo hubieran estado sosteniendo de una solapa invisible, y ahora lo dejaran caer.

—Soy David —dice Nina, y me sonríe.

¿Es un juego? ¿Lo estás inventando?

No, David. Es un sueño, una pesadilla. Me despierto agitada, ahora sí completamente despabilada. Son las cinco de la mañana y unos minutos más tarde ya estoy armando las tres valijas con las que llegamos. A las siete tengo casi todo listo. Te gustan las observaciones, David.

Son necesarias. Ayudan a recordar.

Es que pienso una y otra vez en lo insólito de mi miedo, y me parece ridículo estar cargando ya las cosas en el coche, con Nina en su cuarto todavía durmiendo.

Estás intentando escapar.

Sí. Pero finalmente no lo logro, ¿no?

No.

¿Por qué, David?

Eso es lo que estamos intentando averiguar.

Subo a la habitación de Nina. En su cuarto quedan unas pocas cosas, que meto en su bolso mientras intento despertarla. Le hice un té, que traje con su paquete de galletitas, y ella se despierta y desayuna en la cama, todavía dormida, mirándome doblar las últimas prendas, guardar sus lápices, apilar sus libros. Está tan dormida que ni siquiera insiste con saber adónde vamos, por qué volvemos antes de lo planeado. Mi madre dijo que algo malo sucedería. Mi madre estaba segura de que, tarde o temprano, sucedería, y ahora yo podía verlo con toda claridad, podía sentirlo avanzar hacia nosotras como una fatalidad tangible, irreversible. Ya casi no hay distancia de rescate, el hilo está tan corto que apenas puedo moverme en el cuarto, apenas puedo alejarme de Nina para llegar hasta el placar y agarrar las últimas cosas.

—Levantate —le digo—. Ahora, dale.

Nina baja de la cama.

—Calzate. Ponete este abrigo.

Le doy la mano y bajamos juntas las escaleras de la casa. Arriba, el velador de Nina y sus reflejos violáceos quedan encendidos, abajo veo ya la luz de la cocina. Todo es como en el sueño, me digo, pero mientras tenga a Nina de la mano su cuerpo extrañamente rígido no estará esperándome en la cocina, no me hablará con tu voz, no habrá una lata de arvejas sobre la mesa.

Bien.

Ya hay algo de luz afuera. En lugar de llevar a Nina al coche la pongo a cargar cosas conmigo para que no se aleje. También damos juntas la vuelta a la casa cerrando los postigos.

Pierden el tiempo.

Sí, ya sé.

¿Por qué?

Estoy pensando. Mientras cierro los postigos pienso en Carla, en vos, y me digo que soy parte de esta locura.

Sí.

Quiero decir, que si yo realmente no me dejara engañar por los miedos de tu madre, nada de esto estaría pasando. Estaría levantándome ahora, poniéndome mi bikini para aprovechar el sol de las ocho.

Sí.

Yo soy culpable también, entonces. Yo confirmo, para tu madre, su propia locura. Pero no va a ser así.

¿No?

No. Por eso tengo que decírselo.

Estás pensando en hablar con Carla.

En disculparme por mis gritos de ayer, en convencerla de que todo está bien, de que tiene que calmarse.

Es un error.

Si no lo hago no me voy tranquila, estaré en la ciudad pensando todavía en toda esta locura.

Hablar con Carla es un error.

Apago el interruptor general de luz y cierro la puerta principal de la casa.

Es el momento de salir del pueblo, ahora es el momento.

Dejo las llaves en el buzón, tal como dijo el señor Geser que hiciéramos el último día.

Pero vas a ver a Carla.

¿Es por esto que no lo logro?

Sí, es por esto.

Salimos con el amanecer. Hago unos metros en dirección contraria al pueblo y me detengo en tu casa. Nunca entré a tu casa y realmente preferiría no hacerlo. Así que mi descubrimiento es una buena noticia: la casa está apagada, y me acuerdo de que es martes. En el campo todo empieza demasiado temprano, y quizá tu madre ya está en las oficinas de Sotomayor, un kilómetro hacia el pueblo. Es un alivio, lo tomo como una señal de que estoy haciendo lo correcto. Nina está sentada atrás, mira en silencio cómo nos alejamos de tu casa. No parece preocupada. Tiene puesto su cinturón, las piernas cruzadas como indio sobre el asiento, como siempre, y abraza a su topo. Los campos de Sotomayor empiezan con una gran casona al frente y se abren hacia atrás, indefinibles. No hay vereda todavía. Pero hay pasto entre la calle y la casa. Hay dos galpones medianos detrás, y siete silos mucho más allá de los primeros sembrados. Dejo el coche junto a otros que están estacionados donde termina la casa, sobre el pasto. Le pido a Nina que baje conmigo. La puerta está abierta y entramos de la mano. Tal como me dijo Carla, la casa tiene más de oficina que de casa. Hay dos hombres tomando mate, y una mujer gorda y joven firma papeles leyendo los títulos de cada hoja en voz baja. Uno de los hombres asiente, como si siguiera mentalmente la actividad de la mujer. Todo se detiene cuando nos ven, y la mujer pregunta qué necesitamos.

—Busco a Carla.

—Ah —nos vuelve a mirar a ambas, como si la primera vez no hubiera servido—, un momentito, ya vuelve.

—¿Unos mates? —. Los hombres de la mesa levantan el mate, me pregunto si alguno de ellos será el señor Sotomayor.

Niego y vamos hacia un sillón, pero Carla ya está acá. Nadie le avisa de nosotras y ella se acerca tan concentrada que no llega a vernos. Tiene una camisa blanca y almidonada, y casi me sorprende que no asomen los breteles dorados de su bikini.

Necesitamos ir más rápido.

¿Por qué? ¿Qué va a pasar cuando se acabe el tiempo?

Yo te aviso cuando sea importante saber los detalles.

Carla se sorprende al vernos. Cree que pasa algo, se asusta. Mira a Nina de reojo. Le digo que está todo bien. Que quiero disculparme por lo de ayer, y que me voy.

—¿Adónde?

—Volvemos —digo—, volvemos a capital.

Frunce el ceño y me da pena, o culpa, no sé.

—Es por un asunto de mi marido, tenemos que volver.

—¿Ahora?

Irnos sin despedirnos hubiera sido terrible para tu madre, y a pesar de la incomodidad me felicito por haber pasado a verla.

Pero no es una buena idea.

Ya está hecho.

Esto no es nada bueno.

De un momento para otro tu madre cambia completamente su expresión de pena. Quiere que conozcamos las caballerizas de Omar. Están abandonadas, pero lindan con el terreno de Sotomayor y es fácil llegar desde ahí.

Ahora lo importante está muy cerca. ¿Qué más pasa? Alrededor, ¿qué pasa?

Es cierto, algo más pasa; afuera, mientras tu madre trata de convencernos. Escucho que un camión se detiene. Los dos hombres que tomaban mate se ponen guantes largos, de plástico, y salen. Hay otra voz masculina afuera, quizá es la del conductor del camión. Carla dice que va a dejar unos papeles y que enseguida nos lleva a las caballerizas, que la esperemos afuera. Y entonces hay un ruido. Algo se cae, algo plástico y pesado, que sin embargo no se rompe. Dejamos a Carla y salimos. Afuera los hombres bajan bidones, son grandes y apenas pueden con uno en cada mano. Hay muchos, todo el camión está lleno de bidones.

Es esto.

Uno de los bidones quedó solo en la entrada del galpón.

Esto es lo importante.

¿Esto es lo importante?

Sí.

¿Cómo puede ser esto lo importante?

¿Qué más?

Nina se sienta en el pasto, cerca del camión.

Mira a los hombres trabajar, parece encantada con la actividad.

¿Qué hacen los hombres, exactamente?

Hay uno dentro de la caja del camión, es el que va pasando los bidones. De a turnos, los otros dos los reciben y los llevan dentro. Utilizan otra puerta, el portón de un galpón que hay un poco más allá. Son muchos bidones, van y vienen unas cuantas veces. El sol está fuerte y hay una brisa fresca muy agradable. Pienso que ésta es la despedida y que tal vez ésta es la manera de Nina de despedirse. Así que me siento junto a ella y miramos juntas las maniobras.

¿Qué más, mientras tanto?

No recuerdo mucho más, eso es todo lo que pasa.

No, hay más. Alrededor, cerca. Hay más.

Nada más.

La distancia de rescate.

Estoy sentada a diez centímetros de mi hija, David, no hay distancia de rescate.

Tiene que haber, Carla estaba a un metro de mí la tarde que se escapó el padrillo y casi me muero.

Tengo muchas preguntas para hacerte de ese día.

Este no es el momento. ¿No sentís nada? ¿No hay ninguna sensación que pueda estar relacionada con algo más?

¿Algo más?

¿Qué más pasa?

Carla tarda en salir. Estamos muy cerca de todo, en el medio de todo, casi molestando, pero las cosas suceden lentas y amables, los hombres son agradables y sonríen a Nina una y otra vez. Cuando los hombres terminan de bajar los bidones, saludan al conductor y el camión se va. Los hombres vuelven a entrar a la casa, y nosotras nos levantamos del pasto. Yo miro el reloj y son las nueve menos cuarto. Entre una cosa y otra hace rato que empezó el día. Nina se mira la ropa, gira para verse la cola, las piernas.

¿Por qué? ¿Qué pasa?

—¿Qué pasa? —le pregunto.

—Estoy empapada —dice con algo de indignación.

—A ver... —la tomo de la mano y la hago girar. El color de la ropa no ayuda a ver qué tan mojada está, pero la toco y sí, está húmeda.

—Es el rocío —le digo—, ahora con la caminata se seca.

Es esto. Este es el momento.

No puede ser, David, de verdad no hay más que esto.

Así empieza.

Dios mío.

¿Qué hace Nina?

Es tan linda.

¿Qué hace?

Se aleja un poco.

No dejes que se aleje.

Mira el pasto. Lo toca con las manos, no se convence de su pequeña desgracia.

¿Qué pasa con la distancia de rescate?

Todo está bien.

No.

Tiene el ceño fruncido.

—¿Estás bien, Nina? —le pregunto.

Se huele las manos.

—Es muy feo —dice.

Carla sale de la casa, al fin.

Carla no importa.

Pero camino hacia ella, creo que todavía intento disuadirla del paseo.

No dejes sola a Nina. Ya está pasando.

Carla se acerca con su bolso, sonriente.

No te distraigas.

No puedo elegir qué sigue, David, no puedo volverme hacia Nina.

Está pasando.

¿Qué cosa, David? Dios mío, ¿qué es lo que está pasando?

Los gusanos.

No, por favor.

Es algo muy malo.

Sí, el hilo se tensa, pero estoy distraída.

¿Qué tiene Nina?

No sé, David, ¡no sé! Hablo con Carla como una estúpida. Le pregunto cuánto vamos a tardar.

No, no.

No puedo hacer nada, David. ¿Así la pierdo? El hilo está tan tenso que lo siento desde el estómago. ¿Qué está pasando?

Esto es lo más importante, esto es todo lo que necesitamos saber.

¿Por qué?

¿Qué se siente ahora, exactamente ahora?

Yo también estoy empapada. Estoy mojada, sí, ahora lo siento.

No me refiero a eso.

¿No importa que yo también esté mojada?

Importa, pero no es eso lo que hay que entender. Amanda, este es el momento, no te distraigas. Buscamos el punto exacto porque queremos saber cómo empieza.

Es que estoy concentrada en otra cosa. Ahora lo siento, sí, estoy empapada.

Es muy gradual.

La brisa enfría la humedad y siento mojada la cola de los pantalones. Carla me dice que se tarda unos veinte minutos, que es acá nomás, y yo me miro instintivamente los pantalones.

Nina te mira.

Sí.

Ella sabe que esto no está bien.

Pero es rocío. Creo que es rocío.

No es rocío.

¿Qué es, David?

Llegamos hasta acá para saber qué sentís ahora exactamente.

Solo ese leve tirón en el estómago, por el hilo, y algo ácido, apenas, debajo de la lengua.

¿Ácido o amargo?

Amargo, amargo, sí. Pero es tan sutil, Dios mío, es tan sutil. Empezamos a caminar, las tres, cruzando los pastizales campo adentro. Nina se distrae, Carla le dice que también hay un aljibe y ahora ella también tiene ilusión por llegar. Le cambia el humor.

¿En cuánto tiempo?

Enseguida, se olvida enseguida. Y yo también.

¿Vas a volver a preguntarte con qué te habrás mojado?

No, David.

¿Vas a olerte las manos?

No.

¿No vas a hacer nada?

No, David, no voy a hacer nada. Vamos a caminar y hasta voy a preguntarme si estaré haciendo bien en irme. Conversamos, seguimos bajo el sol con los pastizales hasta las rodillas, y es un momento casi perfecto. Carla me habla de Sotomayor, tu madre ha tomado algunas decisiones acerca de cómo ordenar las grillas de pedidos y Sotomayor la ha felicitado toda la mañana.

¿No te das cuenta de lo que está pasando ahora mismo?

No puedo darme cuenta, David. Nina ve el aljibe y corre. Las caballerizas no tienen techo, solo quedan los ladrillos quemados. Es una vista hermosa, pero desoladora también, y cuando le pregunto a Carla cómo se incendió, Carla parece contrariada.

—Traje mate —dice.

Le digo a Nina que tenga cuidado. Me sorprenden las ganas que tengo de tomarme unos mates, las pocas ganas que tengo de subirme al coche y manejar cuatro horas y media hasta capital. Volver al ruido, a la mugre, al congestionamiento de casi todas las cosas.

¿De verdad este sitio te parece un lugar mejor?

Un grupo de árboles da algo de sombra y nos sentamos en los troncos, cerca del aljibe. Los campos de soja se abren a los lados. Todo es muy verde, un verde perfumado, y Nina me pregunta si no podemos quedarnos un poco más. Solo un poco.

Esto ya no me interesa.

—Pasaron muchas cosas —le digo a Carla.

Frunce el ceño mientras saca el mate, pero no pregunta a qué me refiero.

—Digo, desde que empezaste a contarme sobre David.

De verdad, esto no nos lleva a ningún lado. Si supieras lo que vale ahora el tiempo no lo usarías para esto.

Me gusta este momento. Estamos bien, tranquilas las tres. Después de esto todo empieza a andar mal.

¿Cuándo empieza a andar mal, exactamente?

—¿Qué pasó con David? ¿En qué cambió tanto? —le pregunto a Carla.

—Las manchas —dice Carla y sube y baja uno de sus hombros, en un gesto casi caprichoso, como de nena. —Al principio las manchas eran lo que más me molestaba.

Nina camina alrededor del aljibe, cada tantos pasos se detiene y se inclina sobre los ladrillos hacia la oscuridad, dice su nombre, dice "nos encanta" en su tono señorial, y el eco de la voz es apenas más grave. Dice "hola", "Nina", "hola, soy Nina y nos encanta".

—Pero también otras cosas —dice Carla y me pasa el mate—, vos creés que yo exagero y que la que vuelve loco al chico soy yo. Ayer cuando me gritaste…

Dónde están sus breteles dorados, pienso. Carla es linda. Tu mamá, es muy linda, y hay algo en el recuerdo de esos breteles que me enternece. Me arrepiento tanto de haberle gritado.

—Las manchas le salieron después. Porque los primeros días, aunque la mujer de la casa verde dijo que David se salvaría, el cuerpo le hervía, deliraba por la fiebre, y no fue hasta el quinto día que empezó a calmarse.

—¿Con qué fue que se intoxicó?

Carla volvió a hacer lo del hombro.

—Eso pasa, Amanda, estamos en un campo rodeado de sembrados. Cada dos por tres alguno cae, y si se salva igual queda raro. Los ves por la calle, cuando aprendés a reconocerlos te sorprende la cantidad que hay —Carla me pasa el mate para sacar sus cigarrillos—. Pasó la fiebre pero David tardó mucho en volver a hablar. Después, de a poco, empezó a decir algunas palabras. Pero de verdad, Amanda, hablaba muy extraño.

—¿Cómo es muy extraño?

—Extraño puede ser muy normal. Extraño puede ser solamente la frase "eso no es importante" como toda respuesta. Pero si tu hijo nunca antes contestó de esa manera, la cuarta vez que le preguntás por qué no come, o si tiene frío, o lo mandás a la cama, y él responde, casi mordiendo las palabras, como si todavía estuviera aprendiendo a hablar, "eso no es importante", yo te juro Amanda que te tiemblan las piernas.

¿Y esto no es importante, David? ¿No vas a decir nada al respecto?

—Quizá es algo que le escuchó decir a la mujer

de la casa verde —digo—, quizá es parte del shock, de todo lo que pasó esos días de fiebre.

—Algo parecido pensé yo también. Entonces un día estoy tirada en mi cama y lo veo en el jardín de atrás. Estaba acuclillado de espaldas, no podía entender muy bien qué hacía, pero algo en sus movimientos me alarmó.

—Lo entiendo perfectamente.

—Sí, es algo de madre. Bueno, dejé lo que estaba haciendo y salí. Di unos pasos hacia él pero cuando entendí lo que pasaba me quedé donde estaba, no pude dar un paso más. Estaba enterrando un pato, Amanda.

—¿Un pato?

—Tenía cuatro años y medio y estaba enterrando un pato.

—¿Por qué estaba enterrando un pato? ¿Vienen del lago?

—Sí. Lo llamé pero me ignoró. Me acuclillé junto a él, porque miraba hacia abajo y quería verle la cara, quería entender qué estaba pasando, no solo con el pato, sino con él. Tenía la cara roja, los ojos hinchados de tanto llorar. Sacaba tierra con su pala de plástico. El mango roto estaba tirado un poco más allá y ahora solo escarbaba con la cuchara de la pala, que apenas si era un poco más grande que su mano. El pato estaba a un lado. Tenía los ojos abiertos y, dejado así en el piso, su cuello parecía más largo y flexible de lo normal. Intenté averiguar qué había pasado pero él en ningún momento levantó la mirada.

Quiero mostrarte algo.

Ahora soy yo la que va a decidir en qué historia hay que concentrarse, David. ¿Esto que cuenta tu madre no te parece importante?

No.

Tu madre fuma y Nina da varias de sus vueltas energéticas alrededor del aljibe. Esto será ahora lo importante.

—En realidad —dice tu madre—, que tu hijo mate un pato a golpes, o que lo ahorque, o que lo aniquile de la manera en que lo haya aniquilado, podría no ser algo tan terrible. Acá en el campo esas cosas pasan, y supongo que en capital pasarán cosas peores. Pero unos días después descubrí lo que pasó, lo vi todo con mis propios ojos.

—Mami —dice Nina—, mami —pero no le hago caso, estoy concentrada en Carla y Nina vuelve a alejarse.

—Yo estaba tomando sol en el jardín de atrás. A unos diez metros tenemos trigo sembrado. No es nuestro, Omar le alquila el terreno a los vecinos y a mí me gusta porque hace más chiquito el jardín, nos da intimidad. David estaba sentado cerca de la reposera, jugando en el piso con sus cosas. Entonces se puso de pie, mirando hacia el sembrado. Lo vi de espaldas a mí, pequeño y extraño con los brazos colgando a los lados del cuerpo y los puñitos cerrados, como si algo amenazante lo hubiera alarmado de repente.

Siento algo extraño en las manos, David.

¿En las manos? ¿Ahora?

Sí, ahora.

—David estuvo inmóvil, de espaldas, unos dos minutos. Es mucho tiempo, Amanda. Y yo estuve todo ese tiempo pensando en llamarlo, pero con miedo de hacerlo. Entonces algo se movió entre el sembrado de trigo. Y apareció un pato. Caminaba de una forma extraña. Daba uno o dos pasos hacia nosotros y se detenía.

—¿Cómo si estuviera asustado?

Escuché a Nina correr alrededor del aljibe, decir "nos encanta", "nos encanta", "nos encanta", su risa y el eco de su risa acercándose y alejándose. Carla dejó salir el humo de su cigarrillo y todavía siguió pensándoselo.

—No. Como si estuviera agotado. Se miraron, te lo juro, David y el pato se miraron por unos segundos. Y el pato dio dos pasos más, cruzando una pata por delante de la otra, como si estuviera borracho, o ya no pudiera controlar su cuerpo, y cuando intentó el siguiente paso se desplomó sobre la tierra, completamente muerto.

Me tiemblan las manos, David.

¿Te tiemblan?

Creo, sí. Me tiemblan, no sé. Quizá es la historia de Carla.

¿Sentís que te tiemblan o te tiemblan realmente?

Estoy mirándome las manos ahora y no las veo temblar. ¿Tiene que ver con los gusanos?

Tiene que ver, sí.

Me miro las manos pero tu madre sigue hablando. Dice que a la mañana siguiente, mientras lavaba en la cocina, descubrió que afuera había tres patos muertos más, tirados en el piso igual que el del día anterior.

Quiero saber qué más pasa con tus manos.

¿Pero es verdad, David? ¿Mataste esos patos? Y ahora dice tu madre que a todos los enterraste, y que lloraste cada vez.

—Lo vi todo desde la ventana, Amanda, un agujero al lado del otro y todo ese tiempo estuve de pie con una cacerola a medio lavar en la mano. No tuve fuerzas para salir.

¿Es verdad?

Los enterré, enterrar no es matar.

Carla dice que hay más, que hay algo peor que también quiere contarme.

Amanda, necesito que me prestes atención, hay algo que quiero mostrarte.

Dice que se trata de un perro, de uno de los perros del señor Geser.

Cada cosa que ella te cuente va a ser peor, pero si no detenés esta historia ahora no va a alcanzarnos el tiempo para lo que tengo que mostrarte.

Estoy confundida, ahora solo puedo concentrarme en la historia de Carla.

¿Me ves?

Sí.

¿Dónde estoy?

Me había olvidado, pero sí, estás acá, sentado en el borde de mi cama. Es alta, y las piernas te cuelgan, si las movés cruje el hierro debajo del colchón. Todo este tiempo estuvo sonando.

¿Dónde estamos?

Sé dónde estamos. En la salita de emergencias, desde hace un tiempo.

¿Sabés cuánto tiempo?

Un día, cinco.

Dos.

¿Y Nina? ¿Dónde está Nina ahora? Los hombres que cargan los bidones sonríen cuando pasan junto a nosotras, son amables con ella, pero ahora se levanta del pasto y me muestra su vestido, las manos, tiene las manos empapadas, pero no es rocío ¿no?

No. ¿Podés levantarte?

¿Salir de la cama?

Voy a bajar.

Cruje el hierro.

¿Me ves?

¿Qué te hace pensar que no veo?

Bajá las piernas.

¿Por qué estás en piyama?

Si das doce pasos al frente llegamos al pasillo.

¿Dónde está Nina? ¿Sabe mi marido que estoy acá?

Si es necesario, puedo encender las luces.

Tu madre dice que el perro llegó hasta las escaleras de la casa y estuvo sentado ahí casi una tarde entera. Dice que te preguntó por el perro varias veces, y que cada vez le contestaste que el perro no era lo importante. Que te encerraste en el cuarto, que te negaste a salir. Dice que solo cuando el perro terminó desplomándose como vio desplomarse a los patos, solo entonces saliste de la casa, arrastraste al perro hasta el jardín trasero, y lo enterraste.

Si es necesario, podés apoyarte en mi hombro.

¿Por qué Carla te tiene tanto miedo?

¿Ves los dibujos de las paredes?

Son dibujos hechos por chicos. Nina también hace dibujos.

¿Qué edad tienen estos chicos? ¿Podrías decir sus edades?

David.

Sí.

Estoy confundida, confundo los tiempos.

Ya me lo dijiste.

Sí, pero entiendo con claridad lo que sucede, por momentos.

Creo que sí.

¿Qué vas a mostrarme? No sé si quiero verlo.

Cuidado con los escalones.

Más lento, por favor.

Son seis escalones y luego el pasillo continúa.

¿Dónde estamos?

Son los cuartos de la salita de emergencias.

Parece un lugar grande.

Acá todo es chico, lo que pasa es que avanzamos despacio. ¿Ves los dibujos?

¿Hay dibujos tuyos?

Al final del pasillo.

¿Esto es también una guardería?

Acá estoy yo con los patos, el perro y los caballos, este es mi dibujo.

¿Qué caballos?

Carla te contará de los caballos.

¿Qué vas a mostrarme?

Casi llegamos.

Tu madre tiene una bikini dorada y cuando se mueve en el asiento el perfume de su protector solar también se mueve en el coche. Ahora me doy cuenta, ella hace el gesto adrede, es ella la que deja caer el bretel.

¿Todavía me ves? Amanda, necesito que te concentres, no quiero empezar otra vez desde el principio.

¿Desde el principio? ¿Ya hicimos esto otras veces? ¿Dónde está Nina?

Vamos a cruzar esta puerta. Acá.

¿Esto pasa por los gusanos?

Sí, de alguna manera. Voy a prender la luz.

¿Qué es este lugar?

Un aula.

Es un jardín de infantes, a Nina le gustaría este lugar.

No es un jardín de infantes. Yo lo llamo la "sala de espera".

No me siento bien, esto no es una sala de espera, David.

¿Qué estás sintiendo ahora?

Me parece que tengo fiebre. ¿Es por eso que todo es tan confuso? Creo que es por eso y también porque tu actitud no ayuda.

Yo intento ser tan claro como me es posible, Amanda.

No es verdad. Me falta la información más importante.

Nina.

¿Dónde está Nina? ¿Qué es lo que pasa en el

momento exacto? ¿Por qué todo esto se trata de gusanos?

No, no. No se trata de gusanos. Se siente como gusanos, al principio, en el cuerpo. Pero Amanda, ya pasamos por eso también. Ya hablamos del veneno, de la intoxicación. Ya me contaste cómo llegaste hasta acá cuatro veces.

No es verdad.

Es verdad.

Pero yo no lo sé, todavía no lo sé.

Lo sabés. Pero no lo entendés.

Me estoy por morir.

Sí.

¿Por qué? Me tiemblan mucho las manos.

No veo que te tiemblen, ya dejaron de temblar, desde ayer.

En el campo, me tiemblan ahora que miro a Nina acercarse a mí desde el aljibe.

Amanda, necesito que te concentres.

Carla me pregunta si ahora lo entiendo, si yo en su lugar no hubiera sentido lo mismo. Y Nina ya está muy cerca.

Amanda, no te distraigas.

Tiene el entrecejo fruncido.

¿Todavía me ves?

—¿Qué pasa, Nina? ¿Estás bien?

Nina se mira las manos.

—Me pican mucho —dice—, me arden.

—Entonces Omar me despierta sacudiéndome los pies —dice Carla—. Está sentado en la cama, pálido y rígido. Le pregunto qué pasa pero no contesta, son las cinco, seis de la mañana, porque ya hay bastante luz. "Omar", le digo, "Omar, ¿qué pasa?". "Los caballos", dice él. Te juro, Amanda, lo dijo de una forma terrorífica. Cada tanto Omar decía cosas fuertes, pero ninguna sonó como sonaron esas dos palabras. Decía cosas feas sobre David. Que no le parecía un chico normal. Que tenerlo en la casa lo hacía sentirse incómodo. No quería sentarse a la mesa con él. Prácticamente no le hablaba. A veces, nos despertábamos en la noche y David no estaba en su cuarto, ni en ninguna otra parte de la casa, y esto a Omar lo volvía loco. Yo creo que lo asustaba. No dormíamos bien porque estábamos muy pendientes de los ruidos. Las primeras veces salíamos a buscarlo. Omar iba adelante con la linterna, yo lo agarraba de atrás, de la remera, y me concentraba en los ruidos y en mantenerme siempre pegada a su espalda. Una vez, antes de salir, Omar agarró un cuchillo y yo no le dije nada, Amanda. Que querés que te diga, a la noche el campo es muy oscuro. Después Omar empezó a poner llave a la habitación de David, lo encerraba antes de acostarnos y le abría a la madrugada, antes de irse. A veces David golpeaba la puerta. A Omar nunca lo llamaba. Golpeaba la puerta y decía mi nombre, ya no me decía mamá. Así que Omar estaba sentado en la punta de la cama y cuando logré despertarme y entender que algo raro estaba pasando me incliné hacia la puerta para ver qué estaba mirando tan absorto. La puerta del cuarto de David estaba abierta. "Los caballos", dijo Omar. "¿Qué pasa con los caballos?", pregunté.

—Me pican mucho, mami —Nina me muestra las manos, se sienta junto a mí. Me abraza.

Le agarro las manos y le doy un beso a cada una. Ella vuelve las palmas hacia arriba, para mostrarme. Carla saca una bolsa de bizcochitos y pone un puñado sobre sus palmas.

—Esto lo cura todo —dice.

Y Nina cierra feliz las manos y corre gritando su nombre hacia el aljibe.

—¿Y los caballos? —pregunto.

—No estaban —dice Carla—.

—¿Cómo que no estaban?

—Eso mismo le pregunté yo a Omar, y él dijo que escuchó un ruido en el galpón, que por eso se despertó. Vio que la puerta de David estaba abierta, se acordaba bien de haberla cerrado, y se levantó a ver qué estaba pasando. La puerta de la casa también estaba abierta y afuera ya había algo de luz. Que salió así, dijo Omar, sin linterna y sin cuchillo.

Miró el campo, dio unos cuantos pasos alejándose de la casa, y por un segundo tardó en entender qué era lo que le resultaba tan extraño. Estaba muy dormido. No estaban los caballos. Ninguno de los caballos. Había solo un potrillo chico, uno que había nacido cuatro meses atrás. Parado solo en el medio del campo, y Omar dice que, ya desde la casa, tuvo la certeza de que el animal estaba duro de miedo. Se acercó despacio. El potrillo no se movió. Omar miró a los lados, miró hacia el riachuelo, hacia la calle, no había ni rastro del resto de los caballos. Puso la palma de su mano en la frente del potrillo, le habló y lo empujó apenas, solo para tantearlo. Pero el potrillo no se movió. Seguía ahí a la mañana, cuando vinieron el comisario y sus dos ayudantes, y seguía ahí cuando se fueron. Yo lo miraba desde la ventana. Te juro Amanda que ya no me animaba ni a salir. ¿Pero vos estás bien?

—Sí, ¿por qué?

—Estás pálida.

—¿Sabía Omar lo de los patos? ¿Lo del perro del señor Geser?

—Algo sabía. Yo había decidido no contarle nada pero vio los montículos de tierra, los de los patos, y preguntó. Yo creo que Omar algo sospechaba y prefería no saber. Cuando pasó lo de la mujer de la casa verde y los días de fiebre él no hizo preguntas. Por ahí es que simplemente no le interesaba. Más velaba la pérdida de su bendito padrillo prestado. Pero estás pálida, Amanda, tenés los labios blancos.

—Estoy bien. Por ahí es algo que me cayó mal. Estuve un poco nerviosa —digo pensando en la discusión de ayer, y Carla me mira de reojo pero no dice nada.

Nos quedamos un momento en silencio. Quiero preguntar por los caballos pero Carla está ahora atenta a Nina y me digo que es mejor esperar. Nina regresa de los árboles hacia el aljibe. Sostiene el vuelo de su vestido usándolo de canasta y cuando llega se agacha, con su modo actoral de princesa, y acomoda las piñas alineándolas sobre la tierra.

—Nina me gusta mucho —dice Carla.

Sonrío, pero intuyo algo más detrás de eso.

—Si hubiera podido elegir hubiera elegido una nena, una como Nina.

Cerca, la brisa mueve la soja con un sonido suave y efervescente, como si la acariciara, y el sol ya fuerte regresa una y otra vez, entre las nubes.

—A veces fantaseo con irme —dice Carla—, con empezar otra vida donde pueda tener una Nina para mí, alguien para cuidar y que se deje.

Quiero hablar con Carla, decirle algunas cosas, pero tengo el cuerpo quieto y adormecido. Y así estoy unos cuantos segundos más, sabiendo que es el momento de hablar pero inmóvil bajo el cómodo silencio.

—Carla —digo.

La soja se inclina ahora hacia nosotras. Imagino que dentro de unos minutos me alejaré de la casa alquilada y de la casa de Carla, dejaré el pueblo y año tras año elegiré otro tipo de vacaciones, vacaciones en el mar y muy lejos de este recuerdo. Y ella vendría conmigo, eso creo, que Carla vendría si yo se lo propusiera, sin más que sus carpetas y lo que lleva puesto. Cerca de mi casa compraríamos otra bikini dorada, me pregunto si esas son las cosas que más extrañaría.

¿Me ves?, ¿me ves ahora?

Sí. Pero estoy en el piso, y me cuesta seguir la historia.

No te levantes, es mejor quedarte un momento más en el piso.

Creo que en el campo también me acuesto.

Carla te acuesta.

Sí, porque veo la copa de los árboles ahora.

Porque te pregunta otra vez si estás bien, pero no le contestás. Pone su bolso debajo de tu cabeza, y te pregunta qué desayunaste, si sos de tener baja presión, si la estás escuchando.

¿Cómo sabés que eso es lo que pasa? ¿Lo ves? ¿Estabas ahí escondido?

Eso no es lo importante ahora.

¿O es por eso que dijiste, que ya hablamos del veneno, de la intoxicación, que ya te conté cómo llegué hasta acá otras veces?

Amanda.

¿Y Nina?

Nina las mira desde el aljibe. Dejó las piñas desparramadas a los lados y ya no queda nada de su gesto actoral.

Es verdad, ya no queda nada de su gesto actoral.

Carla espera pero no decís nada.

Pero estoy despierta.

Sí, pero no estás bien.

Me tiemblan las manos, ya te lo había dicho.

Nina corre hacia ustedes. Carla se adelanta y va hacia ella. La distrae un momento. Le dice que te quedaste dormida y que mejor te dejan descansar. Le pide a Nina que le muestre el aljibe.

Nina desconfía.

Sí, desconfía.

Siento que se ajusta la distancia de rescate y eso es porque Nina desconfía.

Pero no podés hacer nada.

No puedo, no.

Si Carla va a buscar ayuda tiene que dejarte sola, o dejarte con Nina. Creo que eso piensa ahora Carla, y no sabe muy bien qué hacer.

Estoy tan cansada, David.

Ahora es un buen momento para nosotros.

Me quedo dormida. Carla se da cuenta y me deja un rato mientras entretiene a Nina.

Por eso es un buen momento. ¿Los ves?

¿Qué cosa?

Los nombres, en la pared de la sala de espera.

¿Son de los chicos que vienen a esta sala?

Algunos ya no son chicos.

Pero es siempre la misma letra.

Es la letra de una de las enfermeras. No pueden escribir, casi ninguno de ellos.

¿No saben?

Algunos saben, llegaron a aprender, pero ya no controlan bien los brazos, o ya no controlan su propia cabeza, o tienen la piel tan fina que, si aprietan demasiado los lápices, terminan sangrándoles los dedos.

—Estoy cansada, David.

¿Qué hacés? No es buena idea que te pares ahora. Todavía no. ¿Adónde vas? Amanda. Esa puerta no puede abrirse desde adentro, ninguna de nuestras puertas puede abrirse desde adentro.

Necesito que pares. Estoy agotada.

Si te concentrás, las cosas suceden más rápido.

Entonces también terminan más rápido.

No es tan malo morirse.

¿Y Nina?

Eso queremos saber ahora, ¿no? Sentate. Por favor, Amanda, sentate.

Me duele mucho el cuerpo, adentro.

Es la fiebre.

No es la fiebre, los dos sabemos que no es la fiebre. Ayudame, David, ¿qué pasa ahora en la caballeriza?

Carla y Nina juegan un rato alrededor del aljibe.

A veces abro los ojos y las veo. Carla la abraza constantemente, y la distancia de rescate sigue tirante en mi estómago, me despierta una y otra vez. ¿Qué pasa, David? Decime qué es lo que pasa, en mi cuerpo, decímelo por favor.

Te lo digo una y otra vez, Amanda, pero es difícil si cada vez volvés a preguntarlo.

Es como si estuviera soñando.

Pasa un rato, y en algún momento juntás fuerzas, y te sentás. Las dos te miran, sorprendidas.

Sí.

Se acercan y Carla te acaricia la frente.

Tiene un perfume muy dulce.

Nina te mira sin acercarse demasiado, quizá empieza a entender que no estás bien. Carla dice que irá a buscar el coche, se ríe para alivianar la situación, se dice a sí misma en voz alta que todo esto es solo para que al fin ella se anime a manejar sola, y para que vos al fin te animes a tomar algo en su casa. Va a darte una limonada helada con jengibre, y eso lo sanará todo.

Eso no sanará nada.

No, no sanará nada. Pero estás sintiéndote un poco mejor, el malestar va y viene, así es siempre al principio. Carla le dice a Nina que la dejará a cargo mientras ella trae el coche. Le explica a Nina que llegará por el otro lado, por el camino de tierra.

Nina se acerca a mí, se sienta y me abraza.

Carla tarda en volver.

Pero Nina está tan cerca que no me importa, y así nos quedamos un buen rato. Está acostada, pegada a mi cuerpo, cierra los puños y se los lleva a los ojos, como si fueran un largavista.

—Nos gustan mucho las copas de los árboles —dice.

Pero estás pensando en la noche.

En la primera noche en esa casa, sí, porque abrazar a Nina me recuerda mis primeros miedos. Me pregunto si habrá habido en ellos alguna advertencia. Camino y la linterna dibuja un óvalo por delante de los pies. Si ilumino al frente, para ver qué hay un poco más allá, es difícil saber dónde piso. El sonido de los árboles, los coches en la ruta, cada tanto, y el ladrido de algún perro confirman que el campo se abre inmenso hacia los lados y que todo queda a kilómetros de distancia. Y sin embargo, cegada por el óvalo de luz, camino con la sensación de estar adentrándome en una cueva. Me encorvo, y avanzo dando pasos cortos.

¿Y Nina?

Todo esto se trata de Nina.

¿Dónde está Nina, durante esa primera caminata?

Duerme en la casa, profundamente, pero yo no puedo dormir, no la primera noche. Antes tengo que saber qué rodea la casa. Si hay perros y si son confiables, si hay zanjas y qué tan profundas son, si hay insectos ponzoñosos, culebras. Necesito ir por delante de cualquier cosa que pudiera ocurrir, pero todo está muy oscuro y no termino de acostumbrarme. Creo que tenía una idea muy distinta de la noche.

¿Por qué las madres hacen eso?

¿Qué cosa?

Lo de ir por delante de lo que podría ocurrir, lo de la distancia de rescate.

Es porque tarde o temprano sucederá algo terrible. Mi abuela se lo hizo saber a mi madre, toda su infancia, mi madre me lo hizo saber a mí, toda mi infancia, a mí me toca ocuparme de Nina.

Pero se les escapa lo importante.

¿Y qué es lo importante, David?

Nina se sienta, busca con su largavista el horizonte. Tu propio coche llega desde el otro lado de las caballerizas.

Por un momento imagino que es mi marido, imagino que bajará y nos dará un abrazo a cada una, y yo podré dormir tranquila todo el viaje, hasta llegar a mi cama de la ciudad.

Pero es Carla, se baja y camina hacia ustedes.

Está descalza y con su bikini dorada, rodea la pileta y pisa el pasto con un poco de aprensión, como si no estuviera acostumbrada o recordara su textura con un poco de desconfianza, se olvida las ojotas en las escaleras de la pileta.

No, Amanda, eso fue antes. Ahora Carla rodea las caballerizas.

Porque estoy en el piso.

Exacto.

Pero siempre me acuerdo de Carla descalza.

Se baja del coche y deja la puerta abierta, se acerca rápido, a la espera de que Nina dé alguna señal que le indique cómo van las cosas, pero Nina está ahora de espaldas sentada a tus pies, sin quitarte la vista de encima. Carla te ayuda a levantarte, dice que ya tenés otra cara, carga las cosas y le da la mano a Nina. Se vuelve para ver si la seguís, te hace chistes.

Carla.

Sí, Carla.

Es verdad, me siento mejor. Y otra vez estamos las tres en el coche, como al principio, con tu madre sentada en el asiento del conductor. El motor del coche se apaga algunas veces, pero finalmente tu madre logra salir marcha atrás. Mi madre decía que el campo es el mejor sitio para aprender a conducir. Yo aprendí en el campo, cuando era chiquita.

Eso no es importante.

Sí, ya me lo imaginaba.

Carla no se siente muy cómoda manejando.

Pero lo hace bien. Aunque no tomamos la dirección que yo hubiera esperado.

—¿A dónde vamos, Carla?

Nina está sentada atrás. Está pálida, ahora me doy cuenta, y transpirada. Le pregunto si se siente bien. Tiene las piernas cruzadas como indio, igual que siempre, y como siempre tiene el cinturón puesto, aunque yo no se lo haya indicado. Hace un esfuerzo para estirarse hacia nosotras. Asiente de un modo extraño, muy lentamente, y la distancia de rescate es tan corta que su cuerpo parece tirar del mío cuando se deja caer en su asiento. Carla se endereza una y otra vez, pero no logra relajarse. Me mira de reojo.

—Carla.

—Vamos a la salita, Amanda. A ver si tenemos suerte y hay alguien que te pueda revisar.

Pero en la salita te dicen que todo está bien, y media hora más tarde ya están otra vez camino a casa.

Pero, ¿por qué ese salto? Estábamos siguiendo esta historia paso a paso. Estás adelantándote.

Todo eso no es importante, y ya casi no nos queda tiempo.

Necesito volver a verlo todo.

Lo importante ya pasó. Lo que sigue son solo consecuencias.

¿Por qué sigue entonces el relato?

Porque todavía no estás dándote cuenta. Todavía tenés que entender.

Yo quiero ver lo que pasa en la salita.

No dejes caer la cabeza, así cuesta más respirar.

Quiero ver qué pasa ahora.

Voy a acercar una silla.

No, hay que volver, todavía estamos en el coche camino a la salita. Hace mucho calor y los sonidos se apagan gradualmente. Casi no escucho el motor y me sorprende que el coche avance tan suave y silencioso sobre el ripio. Una náusea me obliga a inclinarme hacia adelante un momento, pero pasa. Tengo la ropa pegada al cuerpo y el reflejo filoso del sol sobre el capó me obliga a entrecerrar los ojos. Carla ya no está sentada al volante. No verla me asusta, me desconcierta. Abre mi puerta y sus manos me agarran, tiran de mí. Las puertas se cierran sin emitir ningún sonido, como si no sucediera realmente, y sin embargo lo veo todo muy cerca. Me pregunto si Nina vendrá detrás de nosotras pero no puedo verificarlo ni preguntarlo en voz alta. Veo mis pies avanzar y me pregunto si soy yo quien los mueve. Caminamos este mismo pasillo, el que está a mis espaldas, afuera del aula.

Apoyá acá la cabeza.

Nina dice algo de los dibujos, me tranquiliza escuchar su voz. La nuca de Carla se aleja unos pasos delante de mí. Me sostengo sola, me digo, y la imagen de mis manos apoyadas en la pared, sobre los dibujos, me devuelven la fuerte picazón de la piel. Carla está muy cerca, dice mi nombre y alguien pregunta si soy del pueblo. Su pelo está recogido en un rodete y el borde del cuello de la camisa blanca está apenas manchado de verde. Es por el pasto, ¿no? Otra voz de mujer dice que pasemos y ahí está, ahí siento la mano de Nina. Me agarro fuerte y es ella la que me lleva ahora. Es una mano muy pequeña, pero confío en ella, me digo que, instintivamente, sabrá qué hacer. Entro a un cuarto pequeño y me siento en la camilla. Nina pregunta qué hacemos acá, y me doy cuenta de que ha estado preguntando qué pasa durante todo el viaje. Lo que necesito es volver a abrazarla, pero no puedo siquiera contestarle. Me cuesta decir lo que tengo que decir. La mujer, que es enfermera, me revisa la presión, me toma la temperatura, me mira la garganta y las pupilas. Pregunta si me duele la cabeza y yo pienso que sí, que muchísimo, pero es Carla la que lo confirma en voz alta.

—Tengo una jaqueca feroz —digo, y las tres se quedan mirándome.

Es un dolor punzante y pesado, desde la nuca hacia las sienes, lo reconozco ahora que lo dijeron y ya no puedo sentir otra cosa.

¿Cuántas horas pasaron ya?

¿Desde cuándo?

Desde lo que ocurrió frente a la oficina de Sotomayor.

Unas dos horas desde que nos fuimos de la oficina. ¿Dónde estabas vos, David?

Yo estaba acá, esperándote.

¿Estabas en esta salita?

¿Cómo te sentís ahora?

Mejor, me siento mejor. Porque me alivia mucho estar en un sitio sin tanta luz.

Pero faltan algunas horas todavía, tenemos que avanzar. ¿Hay algo importante de ese momento?

Cuando digo que tengo jaqueca Nina dice que ella también. Y cuando digo que estoy mareada Nina dice que ella también. La enfermera nos deja solas un momento y tu madre se dice a sí misma que hizo muy bien en traernos. Si tu madre fuera unos cinco años más grande podría ser la madre de las dos. Nina y yo podríamos tener la misma madre. Una madre hermosa pero cansada que se sienta ahora un momento y suspira.

—¿Dónde está David, Carla? —le pregunto.

Pero no se sobresalta ni me mira, y me cuesta saber si realmente estoy diciendo lo que pienso, o si las preguntas solo quedan en mi cabeza, mudas.

Tu madre se desarma el rodete del pelo, usa las manos como dos grandes peinetas, los dedos finos abiertos y estirados.

—¿Por qué no estás con él, Carla?

Se airea el pelo con un gesto distraído. Estoy sentada en la camilla y Nina está sentada junto a mí. No sé cuándo subió pero parece haber estado ahí un buen rato. Tengo las manos a los lados de mis piernas, agarradas al borde de la camilla porque por momentos creo que podría caerme. Nina está en la misma posición, pero apoyó una de sus manos sobre la mía. Mira el piso en silencio. Me pregunto si también estará desorientada. La enfermera regresa tarareando una canción, y tarareando cada tanto abre unos cajones y conversa con Carla, que vuelve a armar su rodete. La enfermera quiere saber de dónde somos, y cuando Carla dice que no somos del pueblo la enfermera deja de tararear y se queda mirándonos, como si con esta información hubiera que empezar otra vez la consulta, desde cero. Tiene un collar con tres figuras doradas: dos nenas y un nene, y los tres están muy juntos, casi uno sobre el otro, apretados entre sus pechos enormes.

Uno de los chicos de esta mujer viene a esta sala de espera todos los días.

—No hay que preocuparse —dice. Vuelve a abrir los mismos cajones y saca un blíster—, solo están un poquito insoladas. Lo importante es descansar: volver a casa, descansar y no asustarse.

Hay una piletita un poco más allá, donde sirve dos vasos de agua y nos da uno a cada una, y a cada una nos da también una pastilla. Me pregunto qué le estarán haciendo tomar a Nina.

—Carla —digo, y ella se vuelve hacia mí con sorpresa—, hay que llamar a mi marido.

—Sí —dice Carla—, ya estuvimos hablando de eso con Nina —y me molesta su tono condescendiente, me molesta que no se ponga de pie de inmediato para hacer lo que al fin logré pedirle que hiciera.

—Se toman una pastillita cada seis horas, se cuidan mucho de no volver al sol, y se acuestan a dormir una siestita en alguna habitación oscura —dice la enfermera, y le da el blíster a Carla.

Sobre mi mano, la mano de Nina todavía parece querer retenerme. Es una mano pálida y sucia. El rocío está seco y las líneas de barro cruzan su piel de lado a lado. No es rocío, claro, pero ya no me corregís. Estoy tan triste, David. David. Me asusta cuando pasa tanto tiempo sin que digas nada. Cada vez que podrías decir algo pero no lo hacés, me pregunto si no estaré hablando sola.

Tardan en regresar al coche. Carla las lleva de la mano, una a cada lado. Vos o Nina se detienen cada tanto, y entonces el grupo espera. Después, en el camino, el ripio mantiene a Carla agarrada al volante en silencio. Ninguna de las tres dice nada cuando pasan por la puerta de la casa que dejaste esa mañana y los perros del señor Geser cruzan a toda velocidad por debajo de las ligustrinas para correr y ladrar al coche. Están furiosos, pero ni vos ni Carla parecen notarlos. El sol ya está completamente arriba y el calor se siente también desde el piso. Pero nada importante sucede, ni nada importante va a suceder a partir de ahora. Y empiezo a creer que ya no vas a entenderlo, que seguir avanzando no tiene sentido.

Pero las cosas siguen sucediendo. Carla estaciona junto a los tres álamos de su casa, y hay muchos detalles más que te gustará escuchar.

Ya no vale la pena.

Sí, sí vale. Carla aprieta el botón de su cinturón de seguridad y el cinto regresa a su sitio como un látigo, y con el látigo, mi percepción de la realidad regresa también con nitidez. Nina está dormida en el asiento trasero, está pálida y aunque digo su nombre algunas veces no se despierta. Ahora que su vestido está completamente seco veo las aureolas en la tela desteñida, enormes y amorfas, como la imagen congelada de un gran cardumen de medusas.

De verdad, Amanda, no tiene sentido.

Tengo una intuición, hay que seguir.

—Voy a hacerle upa a esta divinura —dice tu madre abriendo el asiento trasero, pasando el brazo de Nina tras su hombro y sacándola del coche—. Van a dormirse las dos una buena siesta.

Tengo que irme de acá, pienso. Eso es todo lo que pienso mientras la veo cerrar con dificultad la puerta del coche con la punta del pie, y caminar hacia la casa con mi hija a cuestas. Se tensa la distancia de rescate y el hilo que nos ata me pone a mí también de pie. Voy tras ellas sin quitar la vista del pequeño brazo de Nina que cuelga tras la espalda de Carla. No hay pasto alrededor de la casa, todo es tierra y polvo. La casa al frente y un galpón chico a uno de los lados. Al fondo se ven las cercas que habrán sido para los caballos, pero no hay ningún animal a la vista. Te busco. Me preocupa la posibilidad de encontrarte en la casa. Quiero recuperar a Nina y subir otra vez al coche. No quiero entrar. Pero necesito tanto sentarme, necesito tanto escapar del sol, tomar algo fresco, y mi cuerpo entra detrás del de Nina.

Esto no es importante.

Ya sé, David, pero igual vas a escucharlo todo.

Mis ojos tardan en acostumbrarse a la oscuridad de la casa. Hay pocos muebles y muchas cosas. Cosas tan feas e inútiles, adornos de angelitos, grandes tapers de colores apilados como cajones, platos dorados y plateados clavados a la pared, flores plásticas en enormes vasijas de cerámica. Había imaginado otra casa para tu madre. Ahora Carla sienta a Nina en el sillón. Es un sillón de mimbre con almohadones. Frente a mí, en el espejo oval, me veo colorada y transpirada, y veo a mis espaldas las tiras plásticas de la cortina de la puerta de entrada, y más allá los álamos y el coche. Carla dice que va a preparar la limonada. La cocina se abre hacia la izquierda, la veo sacar una cubetera de la heladera.

—Hubiera ordenado un poco si sabía que venías —dice estirándose para agarrar dos tazas de un estante.

Doy dos pasos hacia la cocina y ya estoy casi junto a Carla. Todo es pequeño y oscuro.

—Y hubiera preparado algo rico. Te hablé de las galletitas de manteca que hago, ¿te acordás?

Sí que me acuerdo. Me habló de eso el día que nos conocimos. Nina y yo habíamos llegado esa mañana, mi marido no llegaría hasta el sábado. Yo estaba revisando el buzón, porque el señor Geser dijo que nos dejaría ahí un segundo juego de llaves, por cualquier cosa, cuando vi a tu madre por primera vez. Venía de su casa con dos baldes de plástico vacíos, y me preguntó si yo también había sentido el olor en el agua. Dudé, porque habíamos tomado un poco apenas llegamos, sí, pero todo era nuevo y si olía distinto era imposible para nosotros saber si esto era o no un problema. Carla asintió preocupada y siguió por el camino que bordeaba el lote de nuestra casa. Cuando regresó yo ya estaba acomodando nuestras cosas en la cocina. Por la ventana la vi dejar los baldes para abrir el portón, y luego volver a dejarlos para cerrarlo. Era alta y delgada, y aunque cargaba con el peso de un balde a cada lado, ahora aparentemente llenos, avanzaba erguida y elegante. Sus sandalias doradas dibujaron una línea caprichosamente recta, como si estuviera ensayando algún tipo de paso o de movimiento, y solo cuando llegó a la galería levantó la vista y nos miramos. Quería dejarme uno de los baldes. Dijo que era mejor no usar el agua ese día. Insistió tanto que terminé aceptando y por un momento me pregunté si debía pagarle o no por el agua. Por miedo a ofenderla le ofrecí, en cambio, preparar unas limonadas heladas para las tres. Las tomamos afuera, con los pies metidos en el agua de la pileta.

—Preparo unas galletitas de manteca buenísimas —dijo Carla—, irían perfecto con estas limonadas.

—A Nina le encantarían —dije.

—Sí, nos encantarían —dijo Nina.

En la cocina de tu casa me dejo caer en la silla, junto a la ventana. Tu madre me pasa el té helado y el azúcar.

—Ponele mucha azúcar —dice Carla—, que despabila.

Y como Carla ve que no lo hago se sienta en la otra silla y ella misma lo hace. Revuelve y me mira de reojo.

Me pregunto si seré capaz de llegar por mí misma hasta el coche. Entonces veo las tumbas. Simplemente miro hacia afuera y las reconozco.

Son veintiocho tumbas.

Veintiocho tumbas, sí. Y Carla sabe que estoy mirándolas. Empuja hacia mí el té, no lo veo pero su proximidad helada me llena de asco. No voy a poder, pienso. Me da mucha pena por tu madre, pero me va a ser imposible beber nada, y sin embargo tengo tanta sed. Carla espera. Revuelve su té y estamos un rato en silencio.

—Lo extraño muchísimo —dice al final, y a mí me cuesta tanto entender de qué está hablando—. Revisé a todos los chicos de su edad, Amanda. A todos. —La dejo hablar y cuento otra vez las tumbas—. Los sigo a escondidas de sus padres, les hablo, los tomo de los hombros para mirarlos bien a los ojos.

Tenemos que avanzar. Estamos perdiendo el tiempo.

Ahora tu madre también mira hacia el patio trasero.

—Y son tantas tumbas, Amanda. Cuelgo la ropa mirando siempre el piso porque te digo, si piso uno de esos bultos...

—Necesito ir al sillón —digo.

Tu madre se levanta de inmediato y me acompaña. Con un último esfuerzo me dejo caer en el sillón.

Cuando diga tres me ayudás a levantarte.

Carla me acomoda.

Uno.

Me da un almohadón.

Dos.

Estiro mi brazo y, antes de quedarme completamente dormida, abrazo a Nina y la aprieto contra mi cuerpo.

Tres. Agarrate de la silla, así. Sentate. ¿Me ves? ¿Amanda?

Sí. Te veo. Estoy muy cansada, David. Y tengo unas pesadillas espantosas.

¿Qué ves?

No acá, acá te veo a vos, tenés los ojos muy rojos, David, y casi no te quedan pestañas.

En las pesadillas.

Veo a tu padre.

Es porque está en la casa. Es de noche y mis padres las miran acostadas sobre el sillón, y discuten.

Tu madre revisa mi cartera.

No está haciendo nada malo.

Sí, ya sé, creo que busca algo. Me pregunto si finalmente llamará a mi marido. Eso es todo lo que debería hacer. ¿Se lo dije suficientes veces?

Se lo dijiste al principio, y ahora ella intenta encontrar algún número de teléfono.

Tu padre se sienta frente al sillón y nos mira. Mira mi té intacto todavía sobre la mesa, mira mis zapatos, que tu madre me quitó y dejó a un lado del sillón, mira las manos de Nina. Te parecés muchísimo a tu padre.

Sí.

Tiene los ojos grandes, y aunque preferiría que no estuviéramos ahí no parece asustado. Por momentos me duermo y ahora las luces están apagadas y todo está oscuro, es de noche y ellos no parecen estar en la casa. Creo que te veo. ¿Te veo? Estás junto a la cortina de plástico pero ya no hay luz detrás, ya no se ven los álamos ni los sembrados. Ahora tu madre pasa junto a mí y abre la ventana que da al fondo. Por un momento el aire huele a lavanda. Escucho la voz de tu padre. Ahora hay alguien más. Es la mujer de la salita de emergencias. Está en tu casa y tu madre se acerca con un vaso de agua. Me pregunta cómo me siento. Hago un esfuerzo y me incorporo, me trago otra pastilla del blíster, le dan también a Nina, que parece estar un poco mejor y me pregunta algo que no puedo contestar.

El efecto va y viene, están intoxicadas.

Sí. ¿Y entonces por qué nos dan algo para la insolación?

Porque la enfermera es una mujer muy tonta.

Después me vuelvo a dormir.

Varias horas.

Sí. Pero el hijo de la enfermera, los chicos que vienen a esta aula, ¿son chicos intoxicados? ¿Cómo puede una madre no darse cuenta?

No todos sufrieron intoxicaciones. Algunos ya nacieron envenenados, por algo que sus madres aspiraron en el aire, por algo que comieron o tocaron.

Me despierto a la madrugada.

Nina te despierta.

—¿Vamos, mami? —dice y me sacude.

Y estoy tan agradecida; es como una orden, es como si acabara de salvarnos la vida a las dos. Me llevo un dedo a los labios para indicarle que debemos hacer silencio.

Se sienten un poco mejor, pero es un efecto que va y viene.

Todavía estoy muy mareada y tengo que hacer algunos intentos para lograr ponerme de pie. Me pican los ojos y me los refriego un par de veces.

No sé cómo se siente Nina. Se ata sus zapatillas, aunque todavía no sabe hacerlo del todo bien. Está pálida, pero no llora ni dice nada. Ya estoy de pie. Me ayudo apoyándome en la pared, en el espejo oval, en la columna de la cocina. Las llaves del coche están junto a la cartera. Levanto todo muy lentamente, cuidando de no hacer ningún ruido. Siento la mano de Nina en mis piernas. La puerta está abierta y atravesamos las largas tiras de plástico agachadas, como si saliéramos de una cueva fría y profunda hacia la luz. Nina se suelta apenas dejamos la casa. El coche está sin llave y las dos entramos por la puerta del conductor. Cierro, enciendo el motor y salgo marcha atrás unos cuantos metros, hasta el camino de ripio. Antes de doblar, por el espejo retrovisor, miro por última vez la casa de tu madre. Por un momento la imagino saliendo en bata, haciéndome desde la puerta de la casa algún tipo de señal. Pero todo permanece inmóvil. Nina se pasa sola al asiento trasero y se pone el cinturón.

—Necesito agua, mami —dice y cruza sus piernas sobre el asiento.

Y yo pienso que sí, que claro, que eso es todo lo que necesitamos ahora. Que hace muchas horas que no bebemos y las intoxicaciones se curan tomando mucha agua. Vamos a comprar unas cuantas botellas en el pueblo, pienso. Yo también tengo sed. Las pastillas para la insolación quedaron sobre la mesa de la cocina y me pregunto si no hubiera sido bueno tomar otra dosis antes de salir a la ruta. Nina me mira con el entrecejo fruncido.

—¿Estás bien, Nina? ¿Mi amor?

Los ojos se le llenan de lágrimas pero no vuelvo a preguntar. Somos muy fuertes, Nina y yo, eso me digo mientras dejo el ripio y el coche finalmente muerde el asfalto del pueblo. No sé que hora es pero no hay nadie todavía en la calle. ¿Dónde se compra agua en un pueblo donde todo el mundo duerme? Me refriego los ojos.

Porque no ves bien.

Es como si necesitara lavarme la cara. Hay mucha luz para ser tan temprano.

Pero no hay tanta luz, son tus ojos.

Hay algo que me molesta en los ojos. Los brillos del asfalto y de los caños del boulevard. Bajo el parasol y busco mis anteojos en la guantera del coche. Cada movimiento extra requiere un gran esfuerzo. La luz me obliga a entrecerrar los ojos y me cuesta manejar en esas condiciones. Y el cuerpo, David. Me pica mucho el cuerpo. ¿Son los gusanos?

Se sienten como gusanos, gusanos minúsculos en todo el cuerpo. En pocos minutos Nina quedará sola en el coche.

No, David. Eso no puede pasar, qué va a hacer Nina sola en el coche. No, por favor, es ahora, ¿no? Es ahora. Ésta es la última vez que veo a Nina. Hay algo un poco más allá sobre la calle, llegando a la esquina. Voy más despacio, y entrecierro más los ojos. Es difícil, David. Duele muchísimo.

¿Somos nosotros?

¿Quiénes?

Los que cruzan la calle.

Es un grupo de gente. Freno el coche y los veo, cruzan a centímetros del coche. ¿Qué hace tanta gente junta a esta hora? Hay muchos chicos, casi todos son chicos. ¿Qué hacen cruzando todos juntos, a esta hora?

Nos llevan a la sala de espera. Ahí nos dejan antes de que el día empiece. Si tenemos un mal día nos regresan antes, pero por lo general no volvemos a casa hasta la noche.

Una señora en cada esquina vigila que el cruce sea seguro.

Es difícil cuidar de nosotros en las casas, algunos padres ni siquiera saben cómo hacerlo.

Las señoras llevan el mismo delantal que la mujer de la salita de emergencias.

Son las enfermeras.

Son chicos de todas las edades. Es muy difícil ver. Me encorvo sobre el volante. ¿Hay chicos sanos también, en el pueblo?

Hay algunos, sí.

¿Van al colegio?

Sí. Pero acá son pocos los chicos que nacen bien.

—¿Mami? —pregunta Nina.

No hay médicos, y la mujer de la casa verde hace lo que puede.

Los ojos me lloran y me los aprieto con ambas manos.

—Mami, es la nena de la cabeza gigante.

Abro los ojos un segundo, hacia el frente. La nena de Casa Hogar está quieta frente al coche y nos mira.

Pero yo la empujo.

Sí, es verdad, sos vos el que la empuja.

Siempre hay que empujarla.

Son muchos chicos.

Somos treinta y tres, pero el número cambia.

Son chicos extraños. Son, no sé, arde mucho. Chicos con deformaciones. No tienen pestañas, ni cejas, la piel es colorada, muy colorada, y escamosa también. Solo unos pocos son como vos.

¿Cómo soy yo, Amanda?

No sé, David, ¿más normal? Ya cruza el último. Cruza también la última mujer y antes de seguir a los chicos se queda un momento mirándome. Abro la puerta del coche. Todo empieza a verse muy blanco. No dejo de refregarme porque tengo la sensación de que tengo algo metido dentro.

Se siente como gusanos.

Sí. Si tuviera agua podría lavarme. Salgo y me apoyo en el coche. Pienso en las mujeres.

Las enfermeras.

—Mami… —Nina está llorando.

Quizá si ellas pudieran darme algo de agua, pero me cuesta tanto pensar, David. Tengo tanta bronca y tanta sed y tanta angustia y Nina no deja de llamarme, y yo no puedo mirarla, ya no hay prácticamente nada que pueda ver. Hay blanco hacia todos lados y ahora soy yo la que llama a Nina. Tanteo el coche e intento volver a entrar.

—Nina. Nina —digo.

Todo está tan blanco. Las manos de Nina me tocan la cara y yo las aparto con brusquedad.

—Nina —digo—. Tocá el timbre de una casa. Tocá el timbre y decí que llamen a papá.

Nina, digo una y otra vez, muchas veces. ¿Pero dónde está Nina ahora, David? ¿Cómo pude seguir sin Nina, todo este tiempo? David, ¿dónde está?

Carla vino a verte en cuanto se enteró de que te habían traído otra vez a la salita. Pasaron siete horas, desde tu desmayo hasta la visita de Carla, y más de un día desde el momento de la intoxicación. Carla cree que todo esto está relacionado con los chicos de la sala de espera, con la muerte de los caballos, el perro y los patos, y con el hijo que ya no es su hijo pero sigue viviendo en su casa. *Carla cree que todo es culpa suya, que cambiándome esa tarde de un cuerpo a otro cuerpo ha cambiado algo más. Algo pequeño e invisible, que lo ha ido arruinando todo.*

¿Y es verdad?

Esto no es culpa de ella. Se trata de algo mucho peor.

¿Y Nina?

Así que Carla vino inmediatamente, y cuando vio que estabas desfalleciente, que transpirabas de fiebre, que alucinabas conmigo, se convenció de que lo importante era hablar con la mujer de la casa verde.

Es verdad, está sentada a los pies de la cama, y dice que hablar con la mujer de la casa verde es lo mejor que podemos hacer. Ahora quiere saber si yo estoy de acuerdo. ¿A qué se refiere, David?

¿La ves? ¿Ves ahora, otra vez?

Veo un poco, todo está muy blanco todavía pero los ojos ya no me pican. ¿Me dieron algo para calmar la picazón? Veo figuras nebulosas, reconozco la de tu madre, su voz. Le digo que llame a mi marido, y Carla prácticamente corre hacia mí. Me agarra las manos, me pregunta cómo estoy.

—Llamá a mi marido, Carla.

Se lo digo, sí que se lo digo.

Y lo llama. Decís el número varias veces hasta que ella lo anota, consigue localizarlo, y te pasa un teléfono.

Sí, es la voz de él, por fin su voz, y yo lloro tanto que él no puede entender qué es lo que pasa. Es que estoy muy mal, me doy cuenta, y se lo digo. David, esto no es una insolación. Y no puedo parar de llorar, tanto lloro que él me grita por el teléfono, me ordena parar, explicarle lo que está pasando. Pregunta por Nina. ¿Dónde está Nina, David?

Así que Carla te quita el teléfono, con suavidad, e intenta hablar con tu marido. Se siente avergonzada, no sabe bien qué decir.

Dice que no estoy bien, que en la salita hoy no hay médicos pero ya mandaron a llamar a uno, le pregunta a mi marido si vendrá. Dice que sí, que Nina está bien. Ves, David, ves que Nina está bien. Carla está ahora muy cerca. ¿Dónde estás vos? ¿Sabe tu madre que estás conmigo?

Saberlo no la sorprendería, se dice a sí misma que yo estoy detrás de todas estas cosas. Que lo que sea que haya maldecido a este pueblo en los últimos diez años ahora está dentro de mí.

Se sienta en la cama, muy cerca. Otra vez el perfume dulce del protector solar. Me acomoda el pelo y sus dedos están helados pero es un placer. Y el ruido de sus pulseras. ¿Tengo mucha fiebre, David?

—Amanda —dice tu madre.

Creo que está llorando, algo se frena en su voz cuando pronuncia mi nombre. Insiste con la mujer de la casa verde. Dice que queda poco tiempo.

Tiene razón.

—Hay que hacerlo rápido —dice, y me agarra las manos, sus manos frías aprietan las mías, empapadas, me acaricia las muñecas—. Decime que estás de acuerdo, necesito tu consentimiento.

Creo que quiere llevarme a la casa verde.

—Me quedo en mi cuerpo, Carla.

Yo no creo en esas cosas, quiero decirle. Pero me parece que eso no llega a escucharlo.

—Amanda, no estoy pensando en vos sino en Nina —dice tu madre—: en cuanto supe que te habían traído para acá pregunté por Nina, pero nadie sabía dónde estaba. La buscamos con el coche del señor Geser.

El hilo se tensa más todavía.

Estaba sentada en el cordón, unas cuadras más allá del sitio donde estacionaron tu coche.

—Amanda, cuando encuentre a mi verdadero David —dice tu madre—, no voy a tener dudas de que es él. —Me aprieta las manos muy fuerte, como si yo fuera a caerme de un momento a otro—. Tenés que entender que Nina no iba a aguantar muchas horas más.

—¿Dónde está Nina? —pregunto. Cientos de alfileres de dolor se irradian desde la garganta hasta las extremidades de mi cuerpo.

Tu madre no está pidiendo mi consentimiento, tu madre está pidiendo mi perdón, por lo que está pasando ahora, en la casa verde. Le suelto las manos. Se anuda la distancia de rescate, tan brutalmente, que por un momento dejo de respirar. Pienso en salir, en bajar de la cama. Dios mío, pienso. Dios mío. Tengo que sacar a Nina de esa casa.

Pero pasará un rato antes de que puedas moverte. El efecto va y viene, la fiebre va y viene.

Tengo que hablar otra vez con mi marido. Tengo que contarle dónde está Nina. El dolor regresa, es un golpe blanco en la cabeza, intermitente, cegándome por segundos.

—Amanda... —dice Carla.

—No, no —digo que no, una y otra vez.

Demasiadas veces.

¿Estoy gritando?

El nombre de Nina.

Carla intenta abrazarme y me cuesta mucho apartarla. Mi cuerpo se calienta a una temperatura insoportable, los dedos se inflaman debajo de las uñas.

Pero no dejás de gritar, y una de las enfermeras ya está en el cuarto.

Habla con Carla. Qué dice, David, qué dice.

Que hay un médico en camino.

Pero yo ya no puedo.

El dolor va y viene, la fiebre va y viene, y ahí está otra vez Carla sosteniéndote las manos.

Veo las manos de Nina, por un momento. No está acá pero las veo con toda claridad. Sus manos pequeñas están sucias con barro.

O son mis manos sucias cuando me asomé a la cocina y, sin soltarme de la pared, busqué a Carla desde el umbral.

No es verdad, son las manos de Nina, las puedo ver.

—Era lo que había que hacer —dice Carla.

Está sucediendo ahora. ¿Por qué los dedos de Nina están llenos de barro? ¿A qué huelen las manos de mi hija?

—No, Carla. No, por favor.

El techo se aleja y mi cuerpo se hunde en la oscuridad de la cama.

—Necesito saber adónde va a ir —digo.

Cuando Carla se inclina sobre mí todo queda en completo silencio.

—Eso no puede ser, Amanda, ya te conté que eso no puede ser.

Las aspas del ventilador de techo se mueven despacio y el aire no llega.

—Tenés que pedírselo a la mujer —digo.

—Pero Amanda…

—Tenés que rogarle.

Alguien se acerca, desde el pasillo. Los pasos

son suaves, casi imperceptibles, pero puedo escucharlos con precisión. Como tus pasos en la casa verde, dos pies pequeños y mojados sobre la madera astillada.

—Que intente dejarla lo más cerca posible.

¿Podés interceder, David? ¿Podés dejar a Nina cerca?

¿Cerca de quién?

Cerca, cerca de casa.

Podría.

De alguna manera, por favor.

Podría, pero no va a servir de nada.

Por favor, David. Y es lo último que puedo decir, sé que es lo último, lo sé un segundo antes de decirlo. Todo queda en silencio, finalmente. Un silencio largo y tonal. Ya no hay aspas ni ventilador de techo. Ya no está la enfermera, ni Carla. Las sábanas ya no están, ni la cama, ni la habitación. Las cosas ya no suceden. Solo está mi cuerpo. ¿David?

¿Qué?

Estoy tan cansada. ¿Qué es lo importante, David? Necesito que lo digas, porque el calvario se acaba, ¿no? Necesito que lo digas y después quiero que siga el silencio.

Ahora voy a empujarte. Yo empujo a los patos, empujo al perro del señor Geser, a los caballos.

Y a la nena de Casa Hogar. ¿Se trata del veneno? Está en todas partes, ¿no, David?

Siempre estuvo el veneno.

¿Se trata entonces de otra cosa? ¿Es porque hice algo mal? ¿Fui una mala madre? ¿Es algo que yo provoqué? La distancia de rescate.

El dolor va y viene.

Cuando estábamos sobre el césped con Nina, entre los bidones. Fue la distancia de rescate: no funcionó, no vi el peligro. Y ahora hay algo más en mi cuerpo, algo que de nuevo se activa o quizá que se desactiva, algo agudo y brillante.

Es el dolor.

¿Por qué ya no lo siento?

Se clava en el estómago.

Sí, lo agujerea y lo abre, pero no lo siento, regresa hacia mí con una vibración blanca y helada, llega hasta los ojos.

Te toco las manos, acá estoy.

Y ahora el hilo, el hilo de la distancia de rescate.

Sí.

Es como si atara el estómago desde afuera. Lo aprieta.

No te asustes.

Lo ahorca, David.

Va a cortarse.

No, eso no puede ser. Eso no puede pasar con

el hilo, porque yo soy la madre de Nina y Nina es mi hija.

¿Pensaste alguna vez en mi padre?

¿En tu padre? Algo tira más fuerte del hilo y las vueltas se achican. El hilo me va a partir el estómago.

Antes va a cortarse el hilo, respirá.

Ese hilo no puede partirse, Nina es mi hija. Pero sí, Dios mío, se corta.

Ahora queda muy poco tiempo.

¿Me estoy muriendo?

Sí. Quedan segundos, pero todavía podrías entender lo importante. Voy a empujarte hacia delante para que puedas escuchar a mi padre.

¿Por qué a tu padre?

Te parece tosco y simple, pero eso es porque es un hombre que ha perdido a sus caballos.

Algo se desprende.

El hilo.

Ya no hay tensión. Pero yo siento el hilo, todavía existe.

Sí, pero queda poco tiempo. Solo habrá unos segundos de claridad. Cuando mi padre hable, no te distraigas.

Tu voz es débil, ya no puedo escucharte bien.

Prestá atención, Amanda, durará solo unos segundos. ¿Ves algo ahora?

Es mi marido.

Te estoy empujando, hacia delante, ¿ves?

Sí.

Este va a ser el último esfuerzo. Es lo último que sucederá.

Sí, lo veo. Es mi marido, conduce nuestro coche. Entra al pueblo ahora. ¿Esto sucede realmente?

No interrumpas el relato.

Lo veo nítido y brillante.

No vuelvas atrás.

Es mi marido.

Al final, ya no estaré acá.

Pero David…

No pierdas más tiempo hablándome.

Toma el boulevard y avanza despacio. Lo veo todo con mucha claridad. El semáforo lo obliga a detenerse. Es el único semáforo del pueblo y dos viejos cruzan despacio y lo miran. Pero él está distraído, mira al frente, no aparta la mirada del camino. Pasa la plaza, el supermercado y la estación de servicio. Pasa la salita de emergencias. Toma el camino de ripio, hacia la derecha. Conduce despacio y en línea recta. No esquiva los pozos, ni las pequeñas lomas de burro. Más lejos del pueblo, los perros del señor Geser salen a correrlo y le ladran a los neumáticos, pero él mantiene la velocidad. Pasa la casa que alquilé con Nina. No la mira. La casa queda atrás y empieza a verse la casa de Carla. Toma el camino de tierra y sube la lomada. Deja el coche junto a los árboles y apaga el motor. Abre la puerta del coche. Es consciente de la amplitud de los sonidos: cuando cierra, el clac regresa desde los sembrados. Mira la casa sucia y vieja, las zonas del techo reparadas con chapa. Atrás el cielo está oscuro y, aunque es mediodía, adentro algunas luces están encendidas. Está nervioso, y sabe que posiblemente haya alguien mirándolo. Sin subir todavía los tres escalones del corredor de madera, mira la puerta abierta y la cortina de tiras plásticas anudada en la pared. Del techo cuelga una pequeña campana, pero no tira del hilo sisal. Aplaude dos veces y desde adentro una voz grave dice "pase, adelante". Un hombre de su edad está en la cocina, busca algo en las alacenas, sin prestarle atención. Es Omar, tu padre, pero no parecen conocerse.

—¿Puedo hablar con usted? —pregunta mi marido.

Tu padre no contesta y él prefiere no volver a preguntar. Hace el ademán de pasar pero por un momento vacila, la cocina es chica y el hombre no se mueve. Mi marido da un paso sobre la madera húmeda del piso, que cruje. Algo en la inmovilidad del hombre hace pensar que ya ha recibido otras visitas.

—¿Toma mate? —pregunta tu padre ya de espaldas, vaciando la yerba usada en la pileta.

Él dice que sí. Tu padre señala una de las sillas y él se sienta.

—Apenas conocí a su mujer —dice tu padre. Mete los dedos en la madera del mate y tira en la pileta lo que queda de yerba.

—Pero su mujer sí la conoció —dice mi marido.

—Mi mujer se fue.

Deja el mate sobre la mesa. No lo hace con un golpe fuerte, pero tampoco es un movimiento amable. Se sienta frente a él con la yerba y el azúcar, y se queda mirándolo.

—Usted dirá —dice.

Detrás, colgadas de la pared, hay dos fotos del hombre con la misma mujer, y abajo más fotos del hombre con distintos caballos. Un único clavo lo sostiene todo, cada foto cuelga de la anterior atada por el mismo hilo sisal.

—Mi hija no está bien —dice mi marido—, ya pasó más de un mes pero…

Tu padre no lo mira, se sirve otro mate.

—Quiero decir, sí está bien, la están tratando y las manchas en la piel ya no le duelen tanto. Se está recuperando, a pesar de todo lo que pasó. Pero hay algo más y no sé qué es. Algo más, en ella —tarda unos segundos en seguir, como si quisiera darle a tu padre tiempo para entender—. ¿Usted sabe qué pasó, qué le pasó a Nina?

—No.

Hay un momento de silencio, muy largo, en el que ninguno de los dos se mueve.

—Usted tiene que saber.

—No sé.

Mi marido da un golpe en la mesa, contenido pero efectivo, la azucarera salta y la tapa cae un poco más allá. Ahora sí tu padre lo mira, pero habla sin sobresaltarse.

—Usted sabe que no hay nada que yo pueda decirle.

Tu padre se lleva la bombilla a la boca. Es el único objeto que brilla en la cocina. Mi marido va a decir algo más. Pero entonces se escucha un ruido, en el pasillo. Algo pasa que mi marido, desde donde está sentado, no puede ver. Algo familiar para el otro, que no se alarma. Sos vos, David, aunque hay algo distinto que no podría describir, pero sos vos. Te asomás a la cocina y te quedás mirándolos. Mi marido te mira, sus puños se aflojan, intenta calcular tu edad. Se concentra en tu mirada extraña, que por momentos le parece tonta; en tus manchas.

—Ahí lo tiene —dice tu padre, ceba mate otra vez, y otra vez no se lo ofrece—. Como verá, a mí también me gustaría tener a quién preguntar.

Esperás quieto, atento a mi marido.

—Y ahora se le dio por atarlo todo.

Tu padre señala hacia el living, donde muchas cosas más cuelgan de hilo sisal, o atadas entre sí. Ahora mi marido tiene toda su atención en esto, aunque no sabría decir por qué. No parece una cantidad desproporcionada de cosas, más bien parece que, a tu manera, estuviste tratando de hacer algo con el estado deplorable de la casa, y todo lo que hay en ella. Mi marido vuelve a mirarte, intentando entender, pero salís corriendo por la puerta de entrada y los dos se quedan en silencio para escuchar tus pasos alejarse de la casa.

—Venga —dice tu padre.

Se levantan casi al mismo tiempo. Mi marido lo sigue hacia afuera. Lo ve bajar los escalones mirando a los lados, quizá buscándote. Ve a tu padre como un hombre alto y fuerte, ve sus manos grandes colgar a los lados del cuerpo, abiertas. Se detiene ya lejos de la casa. Mi marido da unos pasos más hacia él. Están cerca, cerca y a la vez solos en tanto campo. Más allá la soja se ve verde y brillante bajo las nubes oscuras. Pero la tierra que pisan, desde el camino de entrada hasta el riachuelo, está seca y dura.

—Sabe —dice tu padre—, yo antes me dedicaba a los caballos —niega, quizá para sí mismo—. Pero ¿escucha ahora a mis caballos?

—No.

—¿Y escucha alguna otra cosa?

Tu padre mira hacia los lados, como si pudiera escuchar el silencio mucho más allá de lo que mi marido es capaz de hacerlo. El aire huele a lluvia y una brisa húmeda llega desde el suelo.

—Tiene que irse —dice tu padre.

Mi marido asiente como si agradeciera la instrucción, o el permiso.

—Si empieza a llover no pasa por el barro.

Caminan juntos hacia el coche, ahora con más distancia. Entonces mi marido te ve. Estás sentado en el asiento trasero. La cabeza apenas pasa el respaldo. Mi marido se acerca y se asoma por la ventana del conductor, está decidido a hacerte bajar, quiere irse ahora mismo. Erguido contra el asiento, lo mirás a los ojos, como rogándole. Veo a través de mi marido, veo en tus ojos esos otros ojos. El cinturón puesto, las piernas cruzadas sobre el asiento. Una mano estirada apenas hacia el topo de Nina, disimuladamente, los dedos sucios apoyados sobre las patas del peluche, como si intentaran retenerlo.

—Que se baje —dice mi marido—, que se baje ahora mismo.

—Como si fuera a irse a algún lado —dice tu padre, abriendo la puerta trasera del coche.

Los ojos buscan desesperados la mirada de mi marido. Pero tu padre suelta el cinturón y tira del brazo hacia fuera. Mi marido se sube al coche furioso, mientras las dos figuras se alejan, regresan a la casa, distantes, primero entra una, después la otra, y la puerta se cierra desde adentro. Solo entonces mi marido enciende el motor, baja la lomada y toma el camino de ripio. Siente que ya perdió demasiado tiempo. No se detiene en el pueblo. No mira hacia atrás. No ve los campos de soja, los riachuelos entretejiendo las tierras secas, los kilómetros de campo abierto sin ganado, las villas y las fábricas, llegando a la ciudad. No repara en que el viaje de vuelta se ha ido haciendo más y más lento. Que hay demasiados coches, coches y más coches cubriendo cada nervadura de asfalto. Y que el tránsito está estancado, paralizado desde hace horas, humeando efervescente. No ve lo importante: el hilo finalmente suelto, como una mecha encendida en algún lugar; la plaga inmóvil a punto de irritarse.